나와 아로와나

나와 아로와나

박성경
장편소설

폭스코너

세상의

모든

아로와나에게

차례

나와 아로와나

|||||||||||||||||||||||||||||||||||||||||||||||||||

이것은 나와 A에 관한 이야기다. A는 아로와나의 약자다. 그러므로 나와 아로와나 이야기다. 아로와나의 영문 표기는 arowana다. arowana에는 A가 세 번이나 들어간다.

arowana는 내 친구 현이의 아이디이기도 하다. 현이는 내게 아로와나를 맡기고 스페인으로 떠났다. 그러니까 이 이야기는 나와 A에 관한 이야기일 수밖에.

A는 너새니얼 호손이 쓴 《주홍글자》의 주인공 헤스터 프린이 간통의 상징으로 가슴에 달고 다녔던 글자다. 그래서 A가 주홍글자를 뜻하는 거냐고 묻는다면, A는 아로와나의 약자라고 좀 전에 밝혔을 텐데?

한동안 연락이 없던 현이는 지난여름 내게 갑자기 전화를 해서 다짜고짜 아로와나를 맡아달라고 했다. 나는 적잖이 놀랐다. 우리가 연락을 하지 않고 지낸 기간은 거의 오랫동안에 가까운 한동안이었기 때문에 나는 현이와 지금

쯤은 절교 비슷한 관계에 돌입한 게 아닌가 하고 생각하던 차였다.

내가 우물쭈물하는 사이 현이는 내가 사는 집의 주소를 불러달라고 하더니 내일 수족관과 함께 아로와나가 배달될 거라고 했다. 강아지나 고양이였다면 더 좋았겠지만 염소나 오랑우탄, 자라나 비단뱀을 맡긴 건 아니었기 때문에 나는 주소를 불러주었다. 사실, 염소나 오랑우탄, 자라나 비단뱀이라 해도 나는 현이의 부탁을 들어주었을 것이다.

현이는 내게 영화판에 하나밖에 안 남은 피디 친구이기 때문인데, 내게 하나밖에 없는 친구의 부탁을 거절하면 다음에 내가 부탁할 일이 생겼을 때 거절당할 것 같기 때문이기도 하고, 현이에게 거절을 당하면 영화판에선 아무에게도 부탁할 곳이 없을 것 같았기 때문이다. 앞으로 내 영화 인생이 힘들어진다면 현이가 내게 무슨 부탁을 해와도 들어줄 수 없을 것 아닌가.

하지만 이튿날 수족관과 함께 배달된 아로와나를 보자마자 나는 현이에게 주소를 불러준 것을 후회하기 시작했다. 아로와나의 첫인상이 너무 심술 맞아 보이는 데다 어쩐지 이것이 현이의 이별선물 같다는 생각이 들어서였다.

현이는 어쩌면 이 나라를 떠나고 싶었는지도 모른다. 사람들에게서 도망치고 싶었는지도 모른다. 내게서, 나라는 실패작으로부터 도망치고 싶었는지도 모른다. 다시는 돌아오고 싶지 않았을지도 모른다. 현이는 어쩌면,

아로와나로부터 도망치고 싶었는지 모른다.

35 혹은 53

～～～～～～～～～～～

나는 35 혹은 53이다. 이 숫자는 내가 옥탑방으로 이사 오기 전에 지냈던 고시원의 방 번호는 아니고, 지난 일 년간 내가 먹어 치운 소주와 맥주병의 개수일지는 모르겠지만 세어보진 않았고, 최근 들어 부쩍 심해진 불면증, 그러니까 점점 길어지고 있는 불면의 밤들을 나타내는 숫자일 확률은 있지만 확실치는 않다.

35 혹은 53이란 숫자는 내 나이를 뜻한다. 이는 맥도날드나 롯데리아, 올리브영 같은 곳에서 아르바이트를 할 수 없는 나이라는 뜻이고(점장이라면 모를까!), CU나 GS24, 세븐일레븐에서 일하는 건 가능하다는 뜻이다. 갈빗집 서빙이나 감자탕집, 횟집, 중국집 주방 설거지도 가능하다. 내가 이런 식으로 말하는 이유는 내 나이가 35세인데 53세로 보이고 싶다거나, 53세인데 35세로 보이고 싶어서 그러는 건 아니다. 내가 35라고 말하면 당신들은 나를 35세로 볼 것

이고, 53이라고 하면 날 53세로 볼 텐데 나는 당신들에게 그렇게 보이는 걸 원치 않기 때문이다.

나는 현재 봉투 붙이기 아르바이트를 하고 있다. 봉투 한 장을 붙이면 이십 원을 받는다. 하루 여덟 시간 봉투 붙이기에 꼬박 매달리면 한 달에 팔십만 원을 번다. 하루 여덟 시간을 매달리면 그게 뭐든 직업이 되므로 알바생인 나는 하루 네 시간만 매달리고 있다. 그래서 한 달에 사십만 원을 버는 셈이다. 그러니까 봉투 붙이기가 내 직업은 아니라는 얘기다.

나는 십 년 전 〈치마의 모험〉이란 로맨틱코미디 영화로 데뷔한 시나리오작가다. 〈치마의 모험〉은 대박도 쪽박도 아닌 중박을 쳤다. 영화사에 큰 수익을 안겨주진 못했지만 손해는 끼치지 않았다. 심지어 약간의 수익마저 남겨주었다. 그 뒤로 두 번째 영화는 아직 나오지 못하고 있지만, 어쨌거나 십 년째 계속 시나리오를 쓰고 있다.

봉투를 붙일 때의 나와 시나리오를 쓸 때의 나는 백팔십 도 다르다. 봉투를 붙일 때는 마음을 쓰는 일을 의도적으로 차단한다. 마음을 쓰면 일에 속도가 붙지 않는다. 오로지 기계적으로 쉴 새 없이 손을 놀려야만 진도가 나간다. 이런저런 잡생각에 빠져서—가령 시나리오를 어떻게 고칠까 하는 생각은 제외하고, 오늘 저녁은 뭐로 때우지?('뭘 해먹지?'는 주부의 고민, '뭐로 때우지?'는 만고불변 자취생의 고민이 아닐까.) 내일 아침에는 도서관에 제일 먼저 도착해야지, 그래서 내가 원하는 창가 구석 자리를 잡을 테다! 하는 생각들—실수로 봉투를 잘못 붙이면 종이 하나를 버리게 되고 이십 원까지 날리는 불상사를 초래한다. 그러므로 손을 쓰는 일에는 마음을 쓰지 말자. 마음만 다친다. 이것이 내가 봉투 붙이기 알바를 하면서 얻게 된 교훈이다.

사실 전단지 돌리기 알바도 할 수는 있지만 그 일은 십 대나 이십 대에 보다 수월한 일이 아닐까 싶다. 앞에서도 밝혔듯 나는 35 혹은 53이므로 아파트의 꼭대기 층부터 비상계단으로 일 층까지 걸어내려오면서 전단지를 현관에 일일이 붙이는 작업은 휴우, 생각만 해도 다리가 후들거리고 숨이 차오른다.

봉투를 붙이지 않을 때는 대부분의 시간을 시나리오를 쓰는 데 할애한다. 요즘은 나혜석에 대한 사극을 쓰고 있다. 나혜석은 쉰세 살에 길 위에서 행려병자로 죽어간 조선 최초의 여성 유화가다. 또한 조선 최초의 근대문학가다. "여자도 사람이다, 여자보다 먼저 사람이다"를 외쳤던, 요샛말로 '여자사람론'을 펼친 신여성(나는 개인적으로 이 단어에 불편함을 느낀다. 그럼 헌 여성도 있나?)이다. 이 밖에도 그녀에게는 '최초'라는 수식어가 몇 개 더 있다.

언젠가 TV에서 나혜석에 대한 다큐멘터리를 보던 중 그녀가 오만 원짜리 지폐에 실릴 인물을 선정하는 과정에서 신사임당에게 밀려났다는 사실을 알게 됐다. 이유는 '스캔들' 때문이라고. 조선 최초의 여성 유화가임에도 불구하고 스캔들 때문에 미술 교과서에 실리지 못했다고.

나는 그 자리에서 운명처럼 나혜석이란 인물에 끌렸다. 그녀가 '스캔들'의 주인공이어서가 아니라, 그녀에게 붙은 '최초'라는 화려한 수식어 때문이 아니라, 바로 '밀려났다'는 사실 때문이었다. 밀려나는 거야말로 내 전문 분야가 아닌가. 내 전문 분야를 쓰지 않는다면 직무유기가 될 것이다. 그날 이후 나는 온종일 그녀를 호흡하고 그리며, 그녀와 함께 잠들고 함께 일어나고 있다. 즉 그녀를 쓴다. 그녀의 삶을 산다. 그러므로 나는 지금 조선시대에 와 있다.

나혜석은 '정월(晶月)'이란 자신의 호도 직접 지었다. 정월은 '세 개의 태양'이란 뜻이다. 태양이 한 개도 아니고 두 개도 아니고 세 개라니, 얼마나 뜨거운 삶을 살고 싶었으면 이런 호를 지었을까. 나는 그녀가 스스로 지은 호의 강렬함에도 이끌렸다. 그래서 시나리오의 제목을 〈세 개의 태양〉

이라 지었다.

나는 가끔 내가 시나리오의 주인공 이름을 잘못 지어서 십 년 동안 계속 실패하고 있는 건 아닐까 하는 생각을 하곤 한다. 내 이름의 한자(漢字)도 부모님이 잘못 지어서 내 인생이 자꾸 꼬이는 게 아닐까 하는 불효막심한 의심까지 품은 적도 있다. 그래서 당장—마침 밤늦은 시각이어서 다음 날 일어나는 대로—부모님께 달려가 내 한자 이름을 잘못 지은 게 아니냐고 물어보았는데 아버지는 그럴 리가 있나! 하는 표정으로 나를 잠시 노려보곤 한숨을 지었다. 결론은 그럴 리는 없었다.

내 이름은 나해수(羅海水)다. 한자로는 바닷물이란 뜻인데, 내가 부모님께 달려가서까지 던진 질문은(부모님은 강원도에 계시다. 엄마는 무덤에 계시고, 아버지는 농사를 짓고 계시다) 왜 빼어날 수(秀)가 아니고 물 수(水)냐는 거였다. 아버지는 내게 물 흐르듯 살라고 그렇게 지으셨단다. 흐르는 바닷물처럼 살아가라고 말이다.

'흐르는 강물처럼'은 들어봤어도 '흐르는 바닷물처럼'은 처음 듣는 소리라 바닷물도 흐르는 거냐고 되물었다간 더 막돼먹은 딸이 될 것 같아 입을 꾹 다물었다. 어쨌거나 그 순간부터 흐르는 바닷물처럼 살고 싶어졌으니까. 꼭 부모님의 뜻이 아니더라도 말이다.

지난 십 년을 돌이켜보면 나는 흐르지 못해 고인 물이었다. 지금까지도 세상에 나오지 못하고 있는 여러 편의 오리지널 시나리오들이 전부 노트북 안에서 잠자고 있으니 지금도 고인 물이라 해야겠다. 언제 깨어날지, 누가 깨워줄지 아직은 미지수다. 어쩌면 영원히 잠든 상태로 있을지도 모른다.

영화판에서 시나리오작가가 오리지널 시나리오를 쓰는 일이 갈수록 각다분해지고 있는 건 어제오늘의 일이 아니다. 피디들의 기획 시나리오나 감독들이 직접 쓴 시나리오가 지배적으로 제작되는 게 영화판 현실이기 때문이다. 시나리오작가들도 오리지널 시나리오를 쓰는 작가는 거의 없고 영화사의 주문을 받아 작업하는 각색 작가들이 대부분이다. 그래서 봉투 붙이기 알바를 하기 이전에 나도 각색 작가 대열에 합류한 적이 있었다. 영화판에 하나밖에 없는 피디 친구 현이가 소개해준 영화사였다. 나처럼 현이의 인간관계도 그리 넓지는 않은 편이라 영화판에 하나밖에 없는 투자사 친구 A씨가 소개시켜준 영화사였다.

현이의 친구 A씨는 대기업 계열 투자사의 한국영화팀에 근무하는데 작년에 떼남자 영화(남자들 여럿이 주인공인 영화)

에 투자를 해서 톡톡히 재미를 봤다. A씨는 조만간 영화사를 차려 나간다고 했다. 남의 밑에서 투자는 지겹도록 해봤으니 영화사 대표가 되어 직접 제작에 뛰어들려는 생각이었다. 현이 말로는 A씨와는 불알친구라는데 나는 이 표현이 마음에 들지 않는다. 현이에게 불알이 있어야 말이지.

　현이가 내게 영화판에 남은 하나뿐인 피디 친구가 된 사연에 대해 설명하자면 좀 길다. 첫 만남 때로 거슬러 올라가야 하니까.

나와 현이

현이를 처음 만난 건 십 년 전 여름이었다. 어느 금요일 저녁, 내 데뷔작 〈치마의 모험〉 시사회가 있었는데, 그 뒤풀이 자리에서 현이를 처음 보았다. 나는 구석진 자리에 꿔다놓은 보릿자루처럼 앉아 있었다. 그리고 앉는 순간부터 시사회의 뒤풀이 장소에 온 것을 후회하고 있었다. 촬영장에 갔을 때도 느꼈던 거지만 마치 남의 잔치에 초대되어 온 느낌이었다. 게다가 나는 분명 〈치마의 모험〉을 썼는데 영화는 어떻게 〈바지의 모험〉으로 나왔을까, 하며 얼떨떨해하고 있던 중이었다.

오는 길에 지하철 가판대에서 사온 《씨네24》에 실린 어느 평론가의 "논리도 맥락도 없이 바지가 나온다"는 지적도 틀린 말은 아니었다.

찢어진 청바지 차림의 현이는 가출소녀 같은 인상을 풍기며 내게 다가왔다. 껌이라도 내밀면 하나 사줘야 할 것 같은 분위기였는데, 그녀는 내 앞에 자리가 있느냐고 물었다. 나는 "네" 하며 고개를 끄덕였다. 앉으라는 말도 덧붙였다. 내가 무슨 무언극 배우도 아니고 초면에 대사 정도는 쳐줘야 예의지.

현이가 내 앞에 앉은 건 여섯 시 삼십구 분이었는데, 여덟 시에는 집에 가야 한다고 했다. 여덟 시에 갑자기 일어나서 가면 실례가 될까 봐 미리 말해두는 것이니 양해해달라고 했다. 내가 십 년 전의 시간을 이렇게 정확히 기억하는 건 일기에 써놓았기 때문은 아니고, 현이가 앉자마자 내게 몇 시냐고 물었기 때문이다. 나는 마음속으로 현이는 여덟 시가 되면 집에 간다와 안 간다 중 안 간다 쪽에 내기를 걸었다. 현이는 여덟 시가 돼도 집에 갈 것 같지가 않았으니까.

우리는 통성명을 했다. 현이는 프리랜서 피디라고 자신을 소개했다. 현이는 내가 〈치마의 모험〉 시나리오작가라고 하자 화들짝 놀라는 표정을 지었다. 이렇게 작가처럼 생기지 않은 작가는 처음 봤다는 것이었다. 욕인지 칭찬인지 도통 감을 잡을 수가 없었지만 어쩐지 욕처럼 들렸다. 형식이 내용을 규정한다거나 지배한다, 뭐 이런 말이 떠올라서였다.

현이는 시사회의 무대인사가 너무 이색적이었다고 했다.

감독, 배우, 피디, 캐스팅디렉터가 한꺼번에 우르르 올라가는 무대인사는 처음 봤다고(실은 나도 처음 봤다).

이 말도 욕인지 칭찬인지 알 수 없었지만 역시 욕으로 들렸다. 그러면서 작가는 왜 무대에 안 올라갔냐고 물었는데, 그냥 한번 물어본 것이니 대답하지 않아도 된다고 했다. 올라오라 그래도 안 올라갔겠죠. 그러니까 작가죠, 하고 나 대신 대답하면서.

그래서 조금

고마웠다.

현이는 자신의 피디 입봉작이 〈건축의 윤리〉라고 말해주었다. 마침 내가 안 본 영화라 유감스러웠다. 현이의 영화에 대해 뭐라도 언급을 해주고 싶었는데 해줄 말이 없어서였다. 실은 보려고 했는데 극장에서 너무 빨리 내리는 바람에 놓쳐버렸다. 저예산 영화라 상업영화와의 경쟁에서 밀려난 데다 상영관을 많이 확보하지 못한 탓도 있었다. 그래도 제목이 좋다는 한마디는 할 수 있었다. 고등학교 때 윤리선생님을 짝사랑했던 기억이 남아 있었으므로 제목에

'윤리'가 들어가면 일단 좋아하고 본다는 지극히 개인적인 이유에서였지만 말이다.

이어 허리까지 내려오는 긴 생머리의 뉴페이스 여자가 우리 테이블로 오더니 앉아도 되냐고 묻지도 않고 털썩 자리에 앉았다. 긴 생머리와 털썩은 어울리지 않는다는 느낌이 들었지만 인상적이긴 했다.

뉴페이스는 현이의 피디 입봉작인 〈건축의 윤리〉를 연출한 감독이었다. 마찬가지로 뉴페이스 감독의 영화도 보지 못했으므로 영화에 대한 질문은 할 수 없었다. 제목이 좋다고 현이에게 했던 얘기를 또 할 수는 없지 않은가. 다만, 궁금한 건 있었다. 촬영장에선 머리를 묶을까요? 안 묶을까요? 이 질문은 하지 않았지만 눈치를 챈 현이가 내게 귓속말을 했다. 소아암 환자에게 기부하기 위해 머리를 기르는 거라고. 나는 질문도 하지 않고 답을 얻은 것 같아서 기뻤다. 정답은 긴 생머리의 뉴페이스 감독은 촬영장에서는 머리를 묶는다.

그 뒤로도 한동안 나는 〈치마의 모험〉팀이지만 〈건축의 윤리〉팀 같은 표정과 자세로 앉아서 현이와 이제는 구면인 뉴페이스 감독과 함께 대화를 이어나갔다. 대화는 도중에 자꾸 어긋났지만 어차피 술이 술을 먹는 자리라 별로 어색하진 않았다.

　예를 들면 이런 식이었다.

　현이, "우리 안주 더 시킬까요?"

　나, "네. 전 오백 한 잔이요."

　현이, "…."

　감독, "그러죠." (직원에게 손을 들고) "여기 소주 한 병 주세요."

　나, 현이, "…."

　감독이 손을 들어 소주를 시켰던 직원은 호프집 종업원이 아니라 영화사 직원이었다. 그런데도 소주는 곧바로 우리 테이블 위에 놓였다. 영화사 직원이 가져다주었던 것이다. 감독은 그 뒤로도 계속해서 영화사 직원에게 술과 안주를 시켰다.

　뒤늦게 영화판에 하나밖에 없는 현이의 투자사 친구 A씨가 우리 자리로 왔다. 감독과 배우 자리에 합석해 있다가 현이가 계속해서 우리 자리로 오라고 눈짓을 주는 바람에 그제야 온 거였다.

　현이가 오라고 해서 왔으면서 투자사 친구 A씨는 우리에게 앉아도 되냐는 형식적인 질문을 했다. 감독은 너무나 진지한 표정으로 "아예 여기 누우셔도 돼요. 우리 영화에 투자만 해주신다면" 하고 썰렁한 유머를 던졌다. 감독의 표정이 너무 진지했기 때문에 아무도 웃지 않았다. 졸지에 감독과 현이와 함께 우리로 묶인 나는 A씨가 근무하는 투자사에서 어떻게든 투자를 받아야 할 것 같다는 생각이 들었다.

현이는 투자사 친구 A씨에게 감독과 나를 〈건축의 윤리〉 감독과 〈치마의 모험〉 작가라고 소개했다. 현이는 감독과 투자사 친구 A씨가 합류한 후에도 여전히 여덟 시가 되면 집에 가야 한다고 말했다.

투자사 친구 A씨는 감독과 나와 현이를 번갈아 보고 나서 "감독치고 미모, 작가치고 미모, 피디치고 미모"라고 한마디를 내뱉곤 영화사 대표가 앉아 있는 테이블로 가버렸다.

투자사 친구 A씨의 뒤통수를 노려보면서 감독이 우리에게 물었다.

"저거 욕이야? 칭찬이야?"

현이와 나는 동시에 고개를 저었다. 어쩐지 욕 같았지만 확신할 수는 없었으므로. 순간 '하루에 욕인지 칭찬인지 모를 소리를 같은 자리에서 세 번 듣다'라는 무의미한 문장이 잠시 머릿속에서 떠올랐다가 사라졌다.

아니나 다를까. 첫 등장부터 여덟 시가 되면 집에 가야 한다고 노래를 부르던 현이는 여덟 시가 지나도 가지 않았다. 그리고 2차, 3차까지 따라왔다. 나는 아무도 기다리지 않는 고시원으로 돌아가고 싶지 않아서 2차, 3차까지 갔다. 그 결과 나는 남의 잔치 같은 내 데뷔작 시사회 뒤풀이 자리에 끝까지 남아 있게 되었다. 순전히 현이 때문이었다. 남의 잔치 같아도 내 데뷔작이었으므로 시사회에 초대된 현이는 내 손님이나 다름없었으니까.

누구든 저녁 여덟 시에 집에 가겠다고 상대에게 말했다면 일곱 시 오십 분 정도에는 자리를 정리하고 일어나야 한다. 그렇게 말과 행동이 달라져선 안 된다. 그리고 반드시 집으로 가야 한다. 2차로 혼술바를 가거나 극장을 간다거나 다른 약속장소로 가선 안 된다. 즉 딴 데로 새서는 안 된다고 생각한다.

상대가 여덟 시에 집에 가겠다고 말하면 듣는 사람은 일곱 시 오십 분부터는 마음속으로 이별을 준비한다. 그런데 여덟 시가 넘어도 가지 않고 남아 있다면 상대와의 이별에 대한 애틋함이 사라지면서 한마디로 김이 새버리는 것이다.

이것은 마치 신부가 신랑에게 퇴근하면 어떤 음식을 먹게 해주겠다고 말을 하고 나서 갑자기 메뉴를 바꾸는 것과도 같다. 신부 자리를 신랑으로 바꾸어 읽어도 상관없다.

따라서 저녁을 누가 준비하든 간에 아무리 바빠도 그러면 안 된다. 청국장을 끓여놓기로 약속해놓고, 스파게티로 바꿔선 안 된다. 신랑 혹은 신부는 집에 오는 동안 청국장 쪽으로 침샘을 준비해놓아서 스파게티를 먹을 마음의 준비가 안 되어 있기 때문이다.

나는 현이에게 여덟 시에 집에 가겠다고 말해놓고 그렇게 오래 앉아 있으면 안 된다고 했더니 그러면 내게 하룻밤만 재워달라고 했다. 현이는 고모 집에 얹혀사는데(부모님이 안 계셔서) 금요일에는 여덟 시 반에 고모를 따라 저녁 예배를 드리러 교회에 가야 한다고 했다. 그런데 이렇게 술을 마시고는 예배를 드리러 갈 수가 없다고 했다. 고모가 아주 싫어할 거라고. 나는 목사님도 싫어할 거라고 말해주면서 고시원에서 재워줘도 괜찮겠냐고 물었다. 현이는 고개를 끄덕였다.

우리는 3차 장소에서 빠져나와 고시원으로 돌아왔다. 다행히 총무는 졸고 있었다. 불청객을 이끌고 들어올 때와 나갈 때 잔소리를 두 번 듣는 것보다 나갈 때 한 번 듣는 게 낫지 않겠는가.

그날 현이는 고시원의 내 침대에서, 나는 바닥에서 잤다. 현이는 잠들기 전까지 여대생 기숙사에서 친한 친구들끼리 나눌 법한 이야기를 들려주었는데, 나는 그 이야기를 듣고 나서 우리가 좀 더 일찍 만났어도 좋았을 거란 생각을 했다.

　십 년 전인데도 기억이 생생하다. 그럼에도 내 기억에 왜곡이 있다면 현이에게 용서를 구하며, 내가 꾸며낸 이야기가 있다면 그 역시 양해를 바라면서 이 자리에 옮겨놓는다.

　현이는 어릴 때부터 낙엽 밟는 소리를 좋아했다고 한다. 다른 애들처럼 말이다. 차이가 있다면 다른 애들보다 유난히 좋아했다는 것. 낙엽 밟을 때 들려오는 바스락 소리는 현이의 오감을 자극했다. 마치 맛있는 튀김이 기름에 튀겨지는 소리 같았다. 그러면 어김없이 침을 흘렸다. 심지어 기억에도 없는 엄마의 품에 안기는 느낌까지 들었다. 엄마를 안으면 바스락, 하고 사라질 것만 같았다고.

　현이는 가을이면 고모의 손을 잡고 동네 공원으로 나가 낙엽을 밟곤 했단다. 열 살 무렵 어느 가을날, 현이가 감기에 심하게 걸려 결석을 했는데 전날 학교에서 오는 길에 단풍잎이며 은행나무 잎, 산수유에서 플라타너스 잎까지 온갖 낙엽들이 길에 우수수 깔려 있던 모습이 온종일 눈에 아른거렸다. 그러니 공원에는 낙엽이 얼마나 많을까 생각하며 콧물을 줄줄 흘리면서도 고모에게 밖에 나가자고 졸랐다. 그때 고모가 방석 하나를 내밀었다. 감기에 걸린 애가 무슨 산책이니? 하면서. 그것은 낙엽 방석이었다. 투명한 비닐 안에 낙엽들을 가득 채운 방석.

현이는 이 대목에서 강조하듯 말했다.

"상상해봐. 울긋불긋한 낙엽들이 네모난 비닐 안에 모여 있는 모습을. 만든 사람의 정성을 생각하지 않고는 그 모습을 상상할 수는 없을 거야. 그래서 그날 저녁은 산책 대신 낙엽 방석을 깔고 앉아 밥도 먹고 숙제도 했어. 그날은 바스락 소리와 튀김 소리가 밤새 귓가를 떠나질 않았어."

그날 밤 현이는 마지막으로 이 말을 덧붙이고는 곯아떨어졌다.

"고모는 도대체 그 많은 낙엽을 언제 모은 걸까?"

현이는 심하게 코를 골면서 이까지 갈았는데 나는 오랜만에 듣는 사람 소리라서 그랬는지 싫지가 않았다. 그래도 그날 현이는 고모를 따라 교회에 갔어야만 했다는 생각이 들었다.

다음 날 현이와 나는 해장국집에 가는 대신 티 카페에 가서 허브 차와 페퍼민트 차로 해장을 했다. 순간 옛날 애인 C가 생각났고, C는 지금 어디서 무엇이 되어 있을까, 어디서 무엇이라도 되어 있을까 하는 생각을 했고, C와 함께 였더라면 이런 상황에서 해장국집에 갔을 거란 생각이 들었다. 그리고 전날 마신 술 때문에 속이 쓰려서 우거지상을 하곤 해장국의 우거지나 질겅질겅 씹었을 것이다.

차를 마시면서 우리는 연락처를 주고받았다. 현이는 마침 명함이 떨어졌다면서 핸드폰 번호와 이메일 주소를 적어주었는데, 아이디가 arowana84였다. 나는 이따금 글자를 틀리게 읽는 버릇이 있어서(순전히 시력 때문이다!) 그 당시 아로와나를 아로마로 잘못 읽었다. 얼마 전에는 영화 〈할로윈〉을 다룬 기사에서 '죗값을 치를 때가 되었다'를 '좆값을 치를 때가 되었다'로 읽는 참극까지!

마침 현이와 갔던 티 카페에도 아로마 향초가 테이블마다 올려져 있어 속으로 '우연의 일치'란 촌스러운 단어를 떠올렸던 기억이 난다. 그러면서 막연히 현이가 84년생일 거라고 짐작하며 조지 오웰의 《1984》를 읽었냐고 물었다. 자신의 아이디 뒤에 출생년도를 밝히는 사람은 조금은 촌스럽고 약간은 순진한 사람이라는 편견을 숨긴 채 말이다.

현이는 조지 오웰의 《1984》는 읽지 않았지만 무라카미 하루키의 《1Q84》는 읽었다고 답했다. 그러면서 자신의 약점을 말해주었는데 고전에 취약하다는 것이었다. 타임머신을 타고 백 년 전으로 돌아간다면 그 시대 사람들에게 너무나 무식하다는 소리를 들을 것 같다고 했다. 이유는 고전을 잘 읽지 않기 때문이라고. 고전을 읽으면 머리가 맑아지는데 이 혼탁한 세상에서 맑은 정신을 유지하며 살아가는 건 고통스럽고 힘든 일이라며 말도 안 되는 소리를 지껄였다. 참고로 자신은 고전적 인간이 아니라 신간적 인간이라나. 원 참, 신간서적이란 말은 있어도.

나오면서 현이가 계산을 하려고 카드를 내밀었는데 한도 초과로 되돌려 받은 탓에 내가 계산을 했다. 십 년이 지난 마당에 이 일을 기억하는 이유는 내가 여섯 시 삼십구 분을 기억하는 이유와 같다. 즉 별 의미는 없다.

이후 현이와 나는 마치 경쟁이라도 하듯 영화판에서 실패의 탑을 쌓아갔다. 누가 더 탑을 높이 쌓나 내기라도 한 것처럼 말이다. 나는 〈치마의 모험〉 이후 써나간 오리지널 시나리오들이 연거푸 영화사로부터 거절당했고, 현이는 〈건축의 윤리〉 이후 기획한 영화들이 연이어 투자가 좌절되었다. 우리는 백지장도 맞들면 낫지 않을까 하는 심정으로 한 팀이 되어 새로운 영화들을 기획하고 시나리오를 써나갔다.

우리는 나름 호흡이 잘 맞는 파트너였다. 영화를 고르는 기준이 같았으니까. 그래서 오랫동안 함께 영화를 할 수 있었던 건지도 모른다.

현이와 나는 영화를 볼 때나 기획할 때마다 늘 앨리슨 벡델의 규칙을 적용했다. 일테면 여자 둘이서 영화관에서 어떤 영화를 볼지 고민하다, 한 여자가 자신에게 규칙이 있다고 말한다. 여성 인물이 적어도 두 명은 등장하고, 둘이 대화를 나누고, 그 대화의 주제가 남성이 아닌 영화만 본다는 '벡델 테스트' 말이다. 이 테스트를 통과하지 못한 영화에 대해서 우리는 무조건 낮은 별점을 매기곤 했다. 또 이 테스트를 통과하지 못하면 기획할 생각이나 시나리오를 쓸 생각조차 하지 않았다.

그러나 그렇게 준비한 영화들마저 영화진흥위원회의 예술영화 지원사업과 독립영화 지원사업에서 몇 년 동안 연속적으로 떨어졌다. 마지막으로 떨어진 영화는 여주(여주인공)를 투 톱으로 내세운 독립영화였다.

그날 우리는 티 카페에 다시 갔다. 그날도 아로마 향초가 테이블마다 켜져 있었다. 현이가 아로마 향초를 물끄러미 바라보면서 물었다.

"우리가 블랙리스트라서 그런가?"

현이는 자신의 질문에 스스로 고개를 끄덕였다.

"정부에서 블랙리스트들은 영진위 지원사업에서 배제시키라고 했다잖아."

하지만 정부가 바뀌고 새로운 정부가 들어선 뒤에도 지원사업에서 계속 떨어지자 현이는 그제야 "시나리오가 재미없나?" 하는 식의 기본적인 질문으로 돌아갔다. 내가 썼으니 나 들으라고 하는 소리였겠지.

보다 못한 현이의 하나밖에 없는 투자사 친구 A씨는 이렇게 충고했다. 여주가 원 톱인 영화도 투자를 꺼리는데, 여주가 투 톱인 영화는 오죽하겠냐고. 지금이라도 떼남자 이야기를 써보라고. 그러면 투자를 우선적으로 고려하겠다고. 현이는 고개를 저었다. 우리는 여자라 여자 이야기밖에 할 줄 모르고, 여자 이야기 말고는 재미를 느끼지 못한다. 떼남자 이야기는 풀어갈 자신도 없을뿐더러 관심 밖이다.

이렇게 해서 우리의 경쟁자들이 영화판에서 떼남자 이야기와 상남자 이야기로 성공의 탑을 세워나가는 동안 현이와 나는 여자 이야기를 기획하고 쓰면서 착실하게 실패의 탑을 쌓아나갔다. 무려 지난 십 년 동안 말이다.

물론 영화판에 여주를 전면으로 내세운 여성 영화들이 나오지 않는 건 아니었다. 현이와 나는 만났다 하면 일련의 여성 영화들에 대한 성토대회를 벌였다. 우리는 여성 서사가 빠진 여성 영화, 무늬만 여성 영화, 남성 중심적인 사고방식에서 벗어나지 못한 여성 영화들에 대해 날이 저물도록 흥분하다가 매번 같은 질문을 던지고 헤어졌다.

"그런데 왜 우리가 기획한 영화들만 안 되는 거야?"

어느 날 현이는 나를 티 카페로 불러내더니 지금껏 나와 함께 이룬 실패가 지긋지긋하다며 이제부터 각자 일하자고 말했다. 아로마 향초도 지긋지긋하다고. 티 카페에 아로마 향초라니 진부하고 구태의연하다고. 그러면서 그 자리에서 입김을 훅, 불어 아로마 향초를 꺼버렸다. 죄 없는 아로마 향초에게까지 화를 냈다는 건 현이가 더 이상 버티기 힘든 상태까지 왔다는 뜻이었다.

현이는 앞으로 떼남자, 상남자 이야기는 물론, 찌르고 자르고 쑤시는 이야기에서 조폭 영화까지 눈을 돌리겠다고 했다. 그러면서 내게도 한곳만 바라보지 말고 다른 데로 눈을 돌리라는 충고를 해주었다.

나는 현이의 충고대로 오리지널 시나리오에서 각색 시나리오로 눈을 돌렸다. 그래서 결국 나는 영화판에 하나밖에 없는 피디 친구 현이를 통해, 현이에게도 영화판에 하나밖에 없다는 투자사 친구 A씨를 통해, 영화사 대표를 소개받게 되었다. 영화사 대표는 내게 첫날부터 다음과 같은 각색 방향을 주문했다.

삼 분에 한 번씩 웃겨달라는 주문. 무조건 웃겨달라는 주문. 마지막에는 감동과 함께 웃겨달라는 주문. 참, 주문도 가지가지로 들렸지만 결국 한 가지였다.

나는 각색자의 자세로 돌아가 한 가지 주문을 외쳤다. 웃기고 또 웃기고 계속 웃기리니 최후까지 웃겨주리라! 그리고 속으로 결심했다. 이걸로 히트 쳐서 앞으로는 각색만 해서 먹고살리라. 각색 시나리오를 써서 번 돈으로 오리지널 시나리오를 쓰리라. 시나리오를 써서 번 돈으로 시나리오를 쓰겠다는 결심이 우습게 들릴지 모르겠지만 당시 내 결심은 비장했다.

나혜석의 그림이 더는 팔리지 않던 시절, 수전증에 시달리면서 붓 대신 펜으로 생계를 이어가던 시절, 그녀가 신문에서 '우스운 이야기' 현상공모를 한다는 기사를 접하고 공모전을 준비할 때의 심정이 나와 같았을까.

날마다 울어도 시원찮은 판국에 우스운 이야기를 써내자니 웃기지도 않았으리라. 나 역시 마찬가지였다. 그러나 그녀도 나도 알고 있었다. 결국 이 이야기를 써낼 것이라는 걸.

결심대로 나혜석은 콩트 〈떡 먹은 이야기〉를 지어냈고, 나는 영화사의 주문대로 각색 시나리오를 써냈다. 공모전에서 입선을 차지한 그녀는 물감 살 돈을 벌었고, 내 각색 시나리오는 유감스럽게도 단 한 사람만 웃기는 데 그쳤다.

그 인간이 누구냐면 하늘을 우러러 한 점 부끄럼 없는 고백을 하자면 그 인간은… 바로 나다. 나 혼자 목에 힘주고 웃느라 목이 너무 아팠던 날, 초고를 받아본 영화사의 피디는 울상을 지었다. 이걸로는 투자받기 힘들어요.

어떻게 첫술에 배부르겠느냐, 우리에겐 아직 2고, 3고가 남아 있다라는 계약서가 남아 있다는 말을 꺼내보지도 못하고 영화는 엎어졌다.

나는 연출자로 〈건축의 윤리〉 감독이 내정되어 있다는 걸 그날 알게 됐다. 그럼으로써 감독이 〈치마의 모험〉 시사회 때 현이의 투자사 친구 A씨에게 던졌던 썰렁한 유머는 반쪽짜리 현실이 되었지만(현이가 담당 피디는 아니었으므로 우리 셋이 한 팀을 이루진 못했기에 하는 말이다. 그럼 3분의 2쪽짜리라고 해야 하나) 그 기회조차 물거품이 되어 날아가버렸다. 영화사를 나서는 길에 피디가 전하길, 감독은 나의 초고를 마음에 들어 했다고 한다. 내가 눈을 반짝 빛내며 그럼 감독을 만나 대안을 모색해보겠다고 하자 피디는 기어이 내 눈빛을 외면하면서 엘리베이터까지 배웅 나왔다. 그리고 던진 마지막 한마디.

"감독이 좋아하면 뭐하냐고요. 투자사가 싫다는데."

현이는 한동안 내게 연락하지 않았다. 투자사 친구 A씨에게 면목이 없어진 탓인가? 감독에게 미안해진 탓인가? 현이에게 직접 물어보지 않는 한 나는 도서관 한구석에서 이런 상상이나 하고 있을 수밖에 없었다.

계약금만 받은 상태에서 중도금과 잔금은 연기처럼 날아가버렸다. 덕분에 고시원을 탈출해서 다가구 주택의 지상으로 이사 가겠다는 내 야심은 반밖에 실현되지 못했다. 파주에 있는 상가주택의 옥탑방으로 이사를 왔으니까. 나는 고시생이 아니므로 굳이 학원가가 밀집해 있는 시내를 고집할 필요는 없었다. 그 지역은 무엇보다 전세가 비쌌다.

다른 데 눈을 돌리는 일에 실패하고 나서 나는 또 다른 곳으로 눈을 돌렸다. 봉투 붙이기 알바에 뛰어든 것이다. 오리지널 시나리오를 쓰기 위해서는 다른 일을 해서 돈을 벌어야만 했다. 시나리오를 쓰는 동안은 시나리오를 팔 수 없었기 때문이다.

내가 〈세 개의 태양〉을 쓰는 일에 실패할지 성공할지 아직은 알 수 없다. 실패는 서랍행이고 성공은 팔리는 걸 뜻한다. 데뷔 이후 십 년간 쓴 시나리오들이 전부 서랍 안에 들어 있는 신세니 이번에도 실패할지 모른다. 게다가 내 본질의 칠십 프로는 바닷물로 이루어져 있는 탓에(내 이름은 해수란 말이다. 우리 몸의 칠십 프로는 물로 이루어져 있지 않은가!) 현이가 스페인에서 돌아올 때까지 아로와나를 잘 돌봐줄 수 있을지도 의문이다. 아로와나는 해수어가 아니라 열대어란 말이다. 열대어는 바닷물에선 살아갈 수 없다.

그러나 예나 지금이나 나는 실패할 줄 알면서도 뛰어든다. 만일 실패한다면, 실패 전문가인 내게 아로와나를 맡긴 현이를 탓할 수밖에.

나와 도서관 1

~~~~~~~~~

내가 세 들어 살고 있는 옥탑방은 시립도서관에서 도보로 사 분 거리에 있다. 사 분이라니, 얼마나 기특한 거리인가. 컵라면이 익는 시간만 투자하면 하루 세 번도 들락날락할 수 있다. 내가 고시원에서 주저 없이 파주의 이 옥탑방으로 이사 온 이유는 지척에 도서관이 있다는 장점 때문이었다.

인간은 사회적 동물이고 나는 도서관적 동물이다. 나는 매일 아침 도서관이 문을 여는 시간에 도착해서 오전 내내 시나리오 작업을 한다. 그리고 점심값을 아끼기 위해 집에 와서 컵라면을 먹는다. 컵라면도 밥처럼 예약 취사가 가능하다면 좋을 텐데. 그럼 점심시간에 맞춰 예약해놓고 도서관에서 한달음으로 걸어오면 곧바로 먹을 수 있을 텐데. 그러면 나는 또 사 분을 아낄 수 있다. 도대체 그깟 사 분을 아껴서 어디다 쓸 거냐고 묻는다면 나는 도서관에 걸어가는

데 쓸 거라고 답하겠다.

점심을 먹고 나면 다시 도서관으로 가서 오후 동안 작업을 한다. 오후 작업을 마친 뒤에는 다시 집에 와 저녁을 먹고 또 도서관으로 가 책을 읽는다. 이와 같은 생활이 가능한 이유는 지금이 여름이기 때문이다. 여름에는 봉투 붙이기 알바가 비수기라 쉬는 중이다. 아무래도 여름은 붕어빵보다는 아이스크림의 계절이므로, 라고 자신 있게 말할 수 있다면 얼마나 좋겠는가.

내가 이 계절, 미친 듯이 도서관에 다니는 이유는 날씨 때문이다. 옥상 바닥을 프라이팬 삼아 달걀 프라이라도 해먹을 정도로 찜쪄먹는 더위와의 싸움에서 이길 자신도, 에어컨 없는 옥탑방에서 시나리오 작업을 할 자신도 없기 때문이다.

지옥에 가더라도 도서관이 있다면 거기가 천국이라고 한 건 보르헤스였던가? 한때는 나도 그와 같은 생각을 했었다.

고시원 시절, 나는 현이에게 틈만 나면 도서관 이야기를 해댔다. 내게 고시원은 숙식을 해결하는 도구로서의 공간일 뿐 창작의 산실이 될 수는 없었다. 나는 현이와 만날 때도 도서관 얘기, 헤어질 때도 도서관 얘기, 전화로도 도서관 이야기만 해댔다. 현이는 내 이야기를 다 듣고는 이렇게 말했다.

"너 그러다가 도서관 귀신 된다? 밖에 나가서 유부남이라도 만나. 허구한 날 도서관에만 틀어박혀 있다고 좋은 글이 써지는 줄 알아?"

그러면 나는 이렇게 답했다.

"〈귀신의 도서관〉이나 쓸까? 보르헤스는 《바벨의 도서관》을 썼는데."

구두수선공 눈에는 사람들의 구두만 보이고 미용사 눈에는 사람들의 헤어스타일만 보인다더니 내가 딱 그런 스타일이었다. 내 눈에는 어디를 가나 도서관만 보였다. 아침에 집을 나서서 분주하게 걷는 사람들을 바라볼 때면 이 사람들 전부 도서관에 가는 거 아닐까? 할 지경에까지 이를 정도로 도서관적 동물이 되어버렸다.

고시원 시절, 도서관은 고시원과 마을버스로 이십 분 거리에 있었다. 눈비가 오는 날은 배차 간격이 더 더뎠다. 근처에 중학교가 있어서 나는 날마다 등교시간이면 중학생들과 같이 버스에 몸을 실었다. 앉는 건 고사하고 서서 가기도 힘들었다.

마을버스 정류장은 도서관 후문과 가까웠고, 그래서 나는 아침 일찍 도서관에 도착할 때마다 후문 앞에 서서 문이 열리기를 기다렸다. 그리고 현이를 만나면 날마다 내가 제일 먼저 도착하는데 늘 정문부터 열린다고 투덜댔다.

나는 자리에 몹시 집착하는 스타일이라 원하는 자리를 잡지 못하면 작업에 집중하기가 힘들다. 창문이 달린 맨 끝 구석 자리가 바로 내가 원하는 자리였다. 그런데 나만 이 자리를 원하는 건 아니었다. 어딜 가든 경쟁자는 늘 있었다.

내 투정을 듣고는 현이가 심드렁한 표정으로 말했다(현이는 언제부터인가 나의 도서관 이야기를 지루해했다. 그러니 심드렁할 수밖에).

"내일부터 정문에 서 있으면 되잖아? 조금만 돌아서 가면 되는 거 아냐?"

현이가 내놓은 명쾌한 대안에 적지 않은 충격을 받았지만 크게 티를 내진 않았다. 그래서,

"왜 그 생각을 못했지? 너 정말 똑똑하다."

이 정도 칭찬으로 끝냈다.

"공부 못하는 애들이 원래 도서관에 제일 먼저 와서 가장 좋은 자리를 잡는 거야. 책상에 코 박고 온종일 잘 거면서."

"아침 일찍 나와서 자리 잡느라 피곤해서 그래."

"수다 떨고 싶어서 아는 사람 없나 두리번거리기나 하고."

"아니면 하루 종일 자리를 비우고 싸돌아다니거나."

이 대목에서 나는 현이에게 하이파이브를 청하며 물었다.

"어떻게 그렇게 잘 알아?"

"내가 그랬거든."

그날 우리는 이런 대화를 주고받았다.

나는 이튿날부터 현이의 조언대로 도서관에 제일 먼저 도착해 정문 앞에 서서 기다렸다. 정문이 먼저 열릴 것을 예상하며 서 있었음은 물론이다.

그런데!

이변이 일어났다. 후문이 먼저 열린 것이다. 나는 후문에서 돌진해오는 경쟁자에게 창가 구석 자리를 뺏긴 뒤 그 옆 좌석에 앉아 온종일 머리를 쥐어뜯었다. 오래된 애인을 배신하고 후회하는 바람둥이의 심정이 이럴까. 그동안 하던 대로 계속 후문에 서서 기다렸다면 이런 일은 없었을 텐데.

그래서 다음 날에는 다시 후문 앞에 서서 기다렸다. 이변은 계속됐다. 그날은 정문이 먼저 열렸다. 반성하고 옛 애인에게 돌아갔는데 받아주기는커녕 퇴짜를 맞은 것이다.

그다음 날부터는 정해진 규칙이 없었다. 나는 매일같이 일찍 일어나 가장 먼저 도서관에 도착했지만 정문과 후문이 열리는 순서는 매번 달랐다. 그래서 날마다 어느 문에 가서 서 있어야 할지를 정해야 했다. 내 속을 아는지 모르는지 사서들은 계속 불규칙적으로 문을 열었다. 내가 정문에 서 있는 날은 후문이 먼저 열리고, 후문에 서 있는 날은 정문이 먼저 열렸다. 사서들은 마치 나랑 퀴즈쇼라도 하자는 것 같았다. 오늘은 어느 쪽 문이 먼저 열릴까요? 내가 손을 든다. 정답! 정문. 나는 정문에 가서 선다. 땡! 틀렸습니다. 그런 날은 후문이 먼저 열렸다. 아무리 노력해도 안 되는 일이란 이런 거였다. 나는 애인이 매번 현관 비밀번호를 바꾸는 바람에 절망에 빠진 바람둥이의 심정을 십분 이해할 수 있을 것 같았다.

나는 현이에게 전화를 걸어 요즘은 도서관이 어느 날은 정문이 먼저 열리고 어떤 날은 후문이 먼저 열린다고 투덜댔다. 정말이지 논리도 맥락도 없이 열린다고. 현이는 만나서 얘기하는 것도 모자라 이젠 전화로까지 대놓고 도서관 이야기냐고 투덜거렸다. 현이는 내게 도서관에 정문과 후문을 동시에 열라고 정식으로 건의를 하든지 아예 이사를 가라고 했다. 이사 가서 다른 도서관을 다니라고. 이왕이면 코앞에 있는 도서관이 낫지 않겠냐고.

순간 '내가 왜 그 생각을 못했지? 너 정말 똑똑하다'란 말이 목구멍까지 올라왔지만 지난번 현이에게 해주었던 말이라 생략했다. 현이는 똑같은 이야기를 듣는 걸 싫어한다. 그간 똑같은 도서관 이야기를 귀가 따갑도록 들어대느라 이력이 난 현이가 아닌가.

그래서 나는 고시원 생활을 과감하게 청산하고 사 분이란 매력적인 도보 거리에 도서관이 있는 이 옥탑방으로 이사를 오게 된 것이다. 그러나 이 매력도 진력으로 바뀌는 데는 그리 긴 시간이 필요하지 않았다.

사 분 거리 도서관에서도 내가 원하는 자리는 창가 구석 자리였는데, 여기도 경쟁자가 있었다. 나의 경쟁자는 양복을 입고 하루 종일 마우스를 딸각거리며 인터넷으로 주식 현황을 체크했다. 경쟁자는 나와의 경쟁에서 밀려난 날이면 내 옆에 앉아 온종일 마우스를 딸각거렸다. 그런 날은 일찌감치 자리를 정리하고 도서관을 나서야 했다. 책상 위 벽에 붙은 "도서관 에티켓을 지켜주세요. 노트북 사용 시 마우스 소리는 타인의 집중력에 방해가 됩니다"란 안내문도 경쟁자에게 효력을 발휘하진 못했다.

또한 이 도서관은 규모가 작아 신문과 잡지를 읽는 자료 열람실이 따로 마련되어 있지 않았다. 그래서 아침마다 신문을 보러 오는 할아버지들은 학생들이 공부하는 열람실

틈에서 신문을 읽었다. 할아버지들끼리도 신문을 먼저 차지하기 위해 경쟁이 벌어졌는데 간혹 늦게 온 할아버지가 먼저 와서 《조선일보》를 읽고 있는 할아버지에게 화를 내기도 했다. 혼자서 그렇게 신문을 오래 붙들고 있으면 어떻게 하냐고. 도대체 언제까지 기다려야 하냐고.

그럴 때면 일찍 온 할아버지는 억울한 표정을 지으며 요즘 늙은이들은 노인 대접을 통 못 받는다며 한숨을 푹 쉬었다. 내 눈에는 일찍 온 할아버지가 늦게 온 할아버지보다 훨씬 젊어 보였는데도 말이다.

어느 날 양복을 입은 나의 경쟁자가 마우스를 딸깍거리며 인터넷으로 주식을 하다 말고 노인 대접을 못 받고 있는, 내 눈에는 젊어 보이는 할아버지에게 신경질적으로 주의를 주었다.

"어르신! 신문 좀 조용히 넘기시면 안 될까요?"

순간 도서관에 살얼음 같은 정적이 찾아왔다. 모두가 하고 싶었지만 아무도 하지 못했던 말을, 그 말을 할 자격이 없어 보이는 사람이 내뱉었기 때문이다.

내 귀에 딸깍거리는 마우스 소리는 신문 넘기는 부스럭 소리보다 더 요란했지만 나의 경쟁자는 그 사실조차 모르고 있었다. 이 틈을 타서 나는 "아저씨 마우스 소리가 더 시끄러워요!" 하고 끼어들며 틈새시장을 노려볼 수도 있었지만 이미 가방을 싸서 나가는 중이었다. 도대체 도서관이 시끄러워서 작업을 할 수가 있어야 말이지.

다음 날 도서관에서 할아버지의 모습은 보이지 않았다. 그다음 날도. 나는 할아버지가 노인 대접을 계속 못 받아서 우울증에 걸린 건 아닐까, 우울증이 심해져서 몸져누운 건 아닐까, 생각했다. 시나리오 작업에 방해를 받을 정도로 집중적으로 생각했다는 건 아니고 할아버지의 부재가 눈에 띌 때마다 짧고 굵게 떠올렸다. 그러고는 시나리오를 쓰다가 노트북 한 귀퉁이에 다음의 글귀를 쳐 넣었다.

노인을 위한 도서관은 없고, 도서관에는 노인이 넘쳐난다.

사흘째 되는 날 할아버지는 도서관에 나왔다. 사흘을 넘겼으면 장기전으로 넘어갈 뻔했다. 즉 가늘고 길게 생각할 뻔했다는 말이다. 할아버지는 소리 나지 않게 신문을 얌전히 넘겼다. 그래봤자 별 차이도 없었다. 부스럭에서 바스락으로 바뀐 정도였다. 그래도 다행이었다. 우울증도 몸져누운 것도 아니라서. 할아버지는 그날따라 신문을 빨리 읽고 사라졌다. 그날은 나의 경쟁자도 결석을 한 덕분에 나는 내 자리에서 마음 편히 작업을 할 수 있었다. 그러나 평화는 잠깐이었다.

"고명철 선생님, 여기 A도서관인데요. 예약자가 있어서 그러는데《스페인과 바람난 남자들》반납 좀 빨리 부탁드려요!"

그날도 어김없이 안내데스크의 사서는 고명철 선생님에게 독촉 전화를 하고 있었다. 평소와 다른 점이 있다면 그간 들릴락 말락 했던 작은 목소리가 크고 또렷하며 격앙되기까지 한 목소리로 진화했다는 거였다.

고명철 선생님은 사서의 선생님은 아니고 장기연체자였다. 그러므로 사서가 고명철 선생님에게 전화하는 건 어제오늘의 일이 아니었다. 오죽하면 내가 고명철이란 이름을 외웠겠는가. 일부러 외운 건 아니고 저절로 외워진 거였다. 사서가 고명하신 명철 선생님께 하도 전화하는 바람에.

웬만하면 반납 좀 하시고 그냥 스페인에 다녀오세요. 그동안 벌써 몇 번은 다녀오셨을 시간이네요. 나는 사서에게 고명철 선생님의 주소를 알려달래서 찾아가 대신 받아다 주고 싶을 정도의 심경에 이르렀다. 고명철 선생님이 책을 반납하지 않는 한 사서의 독촉 전화는 계속될 것이고, 독촉 전화가 계속되는 한 나의 시나리오 작업은 방해를 받을 것이기 때문이었다.

나는 잠시 고명철 선생님에 대해 머릿속으로 그려보는 시간을 가졌다. 집에 오는 편지는 고지서, 자신에게 걸려오는 전화는 독촉 전화, 만나는 사람은 단골식당 주인이 전부인 고독한 중년일까? 이렇게라도 전화로 타인과 소통하고 싶어서 부러 연체를 하는 걸까? 타인에게 스트레스를 주는 일을 소통으로 착각하면서?

순간 전방 오십 미터에서 찍찍 소리가 들려왔다. 서가 정리 아르바이트생이 끄는 슬리퍼 소리였다. 서가 알바생은 언제나 슬리퍼를 찍찍 끄는 소리로 자신의 출근을 알렸다. 알바생의 출근은 도서관 입구의 출근 체크 기계가 알아주고 있었는데 그것만으로는 부족한가 보았다.

찍찍 소리가 들릴 때면 나는 어김없이 깜짝깜짝 놀라곤 했다. 그 시간이면 허기가 져서 그랬는지 슬리퍼 소리는 마치 놀부 아내가 밥주걱으로 흥부 뺨따귀를 찰싹! 올려치는 소리처럼 들렸기 때문이다. 슬리퍼 소리에 놀랄 때마다 나는 뺨에 묻은 밥풀이라도 떼어 먹을 듯이 뺨에 손을 갖다 대곤 했다.

서가 알바는 장시간 선 채로 책을 꽂는 일이라 편한 신발로 갈아 신은 건 이해할 수 있었다. 하지만 좀 살살 끌 수도 있지 않은가. 굳이 그렇게까지 요란하게 슬리퍼를 끌어가며 자신의 존재를 증명할 필요는 없지 않은가 말이다. 나는 서가 알바생이 출동할 때면 자리에서 일어나 슬리퍼를 벗겨 바닥에 내동댕이치고 싶을 때가 한두 번이 아니었다. 이봐요, 자신의 존재 증명을 굳이 슬리퍼로 할 필요는 없다고요. 지금이라도 다른 존재를 찾아나서는 게 어때요? 이렇게 소리치고 싶었던 때가 말이다.

날마다 스타벅스 텀블러에 커피를 담아와 다 마실 때까지 홀짝거리는 스타벅스 텀블러녀에 대해서는 언급할 기운조차 남아 있지를 않다. 그녀는 이어폰을 꽂고 아이패드로 인강을 듣는데 강사가 어찌나 열정적인지 이어폰 밖으로 목소리가 삐져나올 정도였다. 물론 그녀가 앉은 자리 앞에도 "음식물 반입 제한! 음료, 빵, 껌, 과자 등"이란 안내문이 붙어 있었다.

그럼에도 도서관 소리함에 호소할 생각은 없었다. 우선 도서관에는 소리함이 없었다. 이 괴로움을 호소하려면 도서관에 소리함부터 만들라는 건의를 해야 하고, 소리함이 생기면 부스럭, 딸깍, 찍찍, 홀짝 소리에 대한 불만을 늘어놓을 테고, 그러면 이번엔 노인 대접도 못 받는 할아버지가 진짜로 우울증에 걸릴 것만 같았고, 나의 경쟁자는 마우스

를 조심해서 움직이다 주식을 손해 볼 것 같았고, 서가 알
바생은 나 때문에 알바를 잘릴 수도 있겠다는 걱정에 이르
자(스타벅스 텀블러녀는 언급하고 싶지 않다고!) 차라리 그냥 귀
를 막는 게 낫겠다는 결론을 내렸기 때문이다.

차라리 이 소리들을 모아 연말에 도서관에서 동네 주민
을 위한 난타 공연을 펼쳐도 되겠다는 생각에 노트북을 덮
고 자리를 정리하면서 나는 속으로 절규했다. 다시는 도서
관에 오고 싶지 않다. 다시는. 이곳에는 한 발짝도 들여놓
고 싶지 않다!

나는 도서관을 천국이라 말한 보르헤스의 무덤에 당장이
라도 찾아가 따지고 싶었다. 단언컨대, 도서관은 지옥입니
다, 보르헤스 선생.

그리고 도서관을 나서는 길에 로비를 지나치다 '길 위의
인문학—페미니즘 문학 함께 읽기' 강좌에 대한 안내문이
붙어 있는 걸 발견했다. 함께 읽을 책으로 《제인 에어》와
《폭풍의 언덕》 그리고 《주홍글자》가 적혀 있었다. 어? 주
홍글자는 나혜석이 달고 다녔던 글자인데….

남편과의 세계일주 중 파리에서 최린이라는 사내와 바람
을 피우고 이혼당했던 나혜석. 이후 조선 사회에서 '밀려
난' 그녀에게는 죽을 때까지 이혼녀와 상간녀라는 주홍글

자가 붙어다녔다. 게다가 《주홍글자》는 허먼 멜빌이 자신의 걸작 《모비딕》을 바칠 정도로 격찬했던 작품이 아닌가?

나는 작심삼초 만에 다시 도서관 생활을 시작하기로 했다. 그리고 마감을 걱정하며 안내데스크로 달려가 '길 위의 인문학' 강좌를 신청했다.

인간은 사회적 동물이고 나는 도서관적 동물임에 틀림없다.

나와 주인님

요란스레 울려대는 초인종 소리에 잠을 깼다. 시계를 보니 열 시였다. 설마 밤 열 시는 아니겠지. 밤샘 작업을 하고 여덟 시부터 잠자리에 들었는데 지금이 오전 열 시라면 고작 두 시간 눈을 붙였다는 소리다. 잠들기 전 뒤척인 이삼십 분의 시간을 빼면 한 시간 반 정도?

오늘은 월요일이자 도서관 휴관일이라 어차피 도서관에 못 갈 바에야 밤이라도 새우자, 그리고 늦게 일어나자, 하는 철저한 계산에서 비롯된 늦잠이었다.

초인종은 내가 문을 열 때까지 연신 울려댔다. 주인님─건물주님이시다. 내겐 주님보다 높으신 분이다. 할렐루야─이 이 시간에 남는 찬밥을 들고 온 건 아닐 것이다. 평소에 주인님은 남는 밥을 문 앞에 내려놓고 벨을 한 번 누르고는 그냥 간다.

"옥탑! 자나?"

이크, 주인님이었어.

주인님은 반지하와 옥탑방이 딸린 사 층짜리 상가 다가구주택 건물의 소유주다. 다가구주택의 일 층 카페 A는 주인님이 직접 운영하고 있고, 이 층에는 맞벌이 부부와 여섯 살 난 아들이, 삼 층은 신혼부부가 세 들어 살고 있다. 사 층에는 주인님 본인이 살고, 그 위층 옥탑방에는 내가 세 들어 살고 있다. 그러므로 나와 주인님은 위층 여자와 아래층 남자 되시겠다. 굳이 이렇게 영화 〈설국열차〉의 계급을 나누는 열차 칸처럼 층을 구분해서 설명하는 까닭은 층간 소음에 각별히 주의해야 하는 쪽이 내 쪽임을 강조하고 싶어서다.

주인님은 불혹이 갓 넘은 싱글남이다. 그의 나이는 관심 있어서 알아낸 건 아니고 이사 올 때 주인님과 썼던 전세 계약서에 나와 있었다. 불혹을 갓 넘긴 나이에 벌써 건물주란 건 그가 본질의 칠십 프로는 날 때부터 가진 게 많은 쪽이란 뜻이었다. 나처럼 본질의 칠십 프로가 바닷물로 정해져 있는 사람과는 출발부터 달랐다. 즉 바닷물에서 평생 죽어라 헤엄쳐봐야 그가 가진 걸 가지게 될 수는 없다는 뜻이었다.

평소에 그가 가진 걸 갖고 싶단 생각을 해본 적은 없지만,

갖고 싶은데 못 갖는 것과 갖고 싶지 않은데도 못 갖는 건 차원이 다르다. 의욕 상실이란 측면에서 후자가 더 불쌍하다. 참, 반지하는 대학생이 살다가 나가서 현재 비어 있는 상태다.

주인님이 내게 남는 밥을 가져다주는 데는 다 이유가 있었다. 밥이 남아서 음식물 쓰레기로 버리면 처리 비용이 드니까, 라고 말할 수도 있지만, 그것보다는 내가 굶을까 봐서다. 내가 몇 년 전 자신의 원룸 문 앞에다 '누가 찬밥 남는 거 있으면 문 좀 두들겨주세요'란 쪽지를 붙이고 죽어간 시나리오작가처럼 될까 봐서다. 어떨 때는 남는 밥이라면서 갓 지은 따뜻한 밥을 가져다줄 때도 있었다. 하지만 지금은 달갑지가 않다. 배가 불러서가 아니라 졸려서다. 굳이 저렇게 티 내면서 밥을 줘야 하나. 반찬이라면 모를까. 지금은 잠이 밥이고 보약이란 걸 알아준다면 좋겠는데.

내게는 늦잠을 잘 수 있는 자유, 정해진 시간에 일어나지 않을 자유가 있다. 정해진 시간에 밥을 먹지 않을 자유, 심지어 굶을 자유도 있다! 내 직업이 그러라고 있는 거다. 그런데 이 소중한 자유를 구속하다니. 아무리 주인님이지만 이 순간만은 저항을 택하련다.

나는 졸린 눈을 비비면서 문을 열었다.

"주인님, 저 쌀 있어요. 아버지가 농사지으세요. 고향에서 보내준다고요. 굳이 남는 밥 안 주셔도 돼요."

하품까지 하며 주인님의 손을 내려다보는데 이번에는 밥 대신 전기요금 고지서가 들려 있었다. 주인님은 전기세가 갑자기 왜 이렇게 많이 나왔냐고 하면서 내게 고지서를 내밀었다. 그동안 남는 밥을 주려고 나 때문에 일부러 밥을 많이 지었으니까 전기밥솥 전기세는 나더러 내라는 건가?

"옥상 실외기 두 대는 일 층 카페하고 삼 층 신혼집 거라 옥탑방에 에어컨을 설치한 건 아닐 테고, 한여름에 옥장판을 들여놓았냐고 묻는 건 말도 안 되고, 결론은 이해가 안 가서 직접 물어보려고 올라왔거든?"

나와 주인님의 전기계량기는 한 대로 통일되어 있어서 전기세를 매달 공평하게 나눠 내고 있었다. 주인이 살아야 할 옥탑방을 세놓은 바람에 처음부터 계량기가 한 대였던 것이다.

주인님이 염탐하듯 안으로 눈길을 돌렸다.

"좀 들어가서 봐도 돼?"

"안 돼요. 외간 남자는 내 방에 들어올 수 없어요!"

나는 최강 모드의 강력한 거부의사를 표시하며 옥탑방의 파수꾼처럼 주인님을 가로막았다. 나의 거센 의사표시에 주인님이 주춤하며 뒤로 물러섰다.

외간 남자는 내 방에 들어올 수 없다.

이 규칙은 거짓말이 아니었다. 나는 옥탑방으로 이사 오면서 한 가지 규칙 정도는 정해놓아야 할 것 같았다. 그래서 정한 규칙이었다. 왜 두 가지도 아니고 세 가지도 아니고 심지어 열 가지도 아닌 한 가지밖에 안 되냐고?

나는 날마다 조금씩 앞으로 나아가는 거북이 스타일이라 한꺼번에 많은 변화를 추구하진 않는다. 그리고 무엇보다 외간 남자에게 나와 아로와나의 동거 사실을 알릴 수는 없었다. 수족관을 보여줄 수는 없었다. 산소발생기와 수온계, 여과장치, 냉난방 자동온도조절기가 있다는 사실을 말해줄 수는 없었다. 이 모두가 전기세가 많이 발생하는 것들이라고 수족관 전문가에게 들어서 알고 있었기 때문이다. 특히, 최첨단 산소발생기는 산소뿐만 아니라 전기세도 많이 발생시킨다는 것을.

얼마 전 뭐든 찜 쪄 먹을 여름 날씨를 견디다 못해서 드디어 아로와나가 비실비실해졌다. 즉 식욕이 떨어지고 살도 빠지고 헤엄치는 동작마저 둔해졌다. 내가 쐴 선풍기까지 양보해가며 수족관을 향해 아무리 틀어놓아도 아무런 소용이 없었다.

나는 아로와나를 회복시킬 방법을 연구하다 무작정 청계천을 향했다. 청계천에는 수족관 가게가 많으므로 수족관 전문가가 많을 것이고 수족관 전문가라면 열대어, 해수어, 금붕어 전문가일 거라고 짐작했다.

나는 밖에서 한참을 탐색하다 가장 전문적으로 보이는 수족관 가게로 들어섰다. 그러고는 수족관 전문가에게(즉 주인아저씨에게) 내가 처한 현실(즉 아로와나가 처한 현실)에 대해 자세히 설명했다. 수족관 전문가는 눈에 보이지도 않는 아로와나가 불쌍하다는 표정을 지으며 혀를 쯧쯧 찼다. 한여름에 옥탑방에서 아로와나를 기르는 일은 한여름에 갓난아기를 옥탑방에서 재우는 것과 같다고. 선풍기를 돌려봤자 아무 도움도 안 된다고 했다. 그래서 수족관 전문가의 특별 코치를 받고 특단의 조치로 들여놓은 전기제품들이었다. 애들이 바로 옥탑방의 전기세를 올려놓은 주범들이라고요.

나는 주인님을 막아섰다. 불륜남이라도 끌어들인 것처럼 얼굴이 화끈거렸지만, 불륜 상대를 들킬까 봐 조마조마했지만, 그럴수록 당당하게 맞섰다. 어디까지나 나는 옥탑방에 외간 남자를 들여선 안 되는, 아로와나의 파수꾼이었다.

더군다나 아로와나도 이제 간신히 회복세로 돌아서고 있는데 전기세가 많이 나오는 제품들을 주인님에게 들키면 당장 전기요금을 올릴 것이 뻔했다. 가뜩이나 봉투 알바를 쉬고 있어 당분간 돈 나올 구멍은 없고, 수족관 관련 비용으로 인해 날아올 다음 달 카드 값이 걱정될 뿐이었다.

주인님이 돌아가고 나서야 나는 안도의 한숨을 쉬고는 수족관 앞으로 다가갔다. 그리고 음치 주제에 아로와나 앞에서 노래를 불렀다. 안 될 건 뭐야. 나는 냉장고로 가 냉동실에서 냉동 돼지고기를 꺼내 수족관 안에 던져 넣었다.

냉동실 문을 닫으려는 순간 한 켠에 있는, 지난여름 한꺼번에 삶아서 넣어둔 냉동 옥수수들이 눈에 띄었다. 고향에서 옥수수 농사를 짓는 아버지가 보내온 것인데, 나는 옥수수를 그다지 좋아하지 않는 편이라 장기 보관하고 있는 중이었다. 주인님에게도 대량으로 갖다 주며 소비를 권장했건만 팝콘이 아니면 권하질 말라나. 무슨 애도 아니고.

아로와나는 한입에 덥석 냉동 돼지고기를 물었다가 너무 차가운 탓에 도로 내뱉었다가 이제는 괜찮겠지 하는 표정으로 다시 한입에 물고는 드디어 우물우물 씹어 삼켰다. 그러고 나서 수족관 안을 유유히 헤엄쳤다. 아로와나는 잘게 썬 냉동 돼지고기를 좋아한다는 것도, 배설물 관리를 잘하라는 것도(그러니까 청소를 자주 하라는 뜻이다) 전부 청계천 수족관 전문가가 가르쳐준 것이었다.

수족관 전문가는 보너스로 특별 주의사항을 알려주었는데 아로와나는 점프력이 강해서 이따금 뚜껑을 열고 밖으로 점프하는 경우가 있으니 평소에 수족관 뚜껑 위에 무거운 걸 올려놓으라고 했다. 경험에서 말해주는 거지만 아로와나 초보자 시절, 퇴근 후 집에 가보니 수족관에서 점프한 아로와나가 방바닥에 대자로 뻗어 있었다는 말도 덧붙였다. 사온 지 얼마 안 되어 숨이 멎은 아로와나를 보자 정말 뚜껑이 열리는 줄 알았다고 수족관 전문가는 말했다.

현이는 아로와나를 기르는 데 있어 내게 최소한의 정보도 제공해주지 않았다. 새삼 현이가 야속했다. 내가 아로와나 보모야? 위탁 부모야? 혼자만 스페인에 가면 다니? 응? 아로와나만 던져주면 다야? 하다못해 암놈—왜 암놈에는 '놈' 자가 붙는 걸까!—인지 수놈인지라도 알려주고 가면 어디가 덧나느냐고. 나한테 어떻게 그럴 수가 있어? 하나밖에 없는 친구란 피디 년이, 아니 현이.

현이를 잠시 원망하는 시간을 가진 뒤 다시 이불 위로 쓰러지려는 순간이었다. 또다시 초인종 소리가 울렸다. 또 주인님이었다. 오늘따라 주인놈이 왜 저래? 냉동 돼지고기를 날로 먹었나?

내게 님은 종놈으로 변한다. 아차, 한 글자 덜 썼다. 내게 님은 종종 놈으로 변한다. 주인놈이 용건을 까먹고 도로 내려갔다며 이번에는 계단 청소를 제안했다. 전기세 많이 나왔다고 열 올리느라 까먹었겠지. 가뜩이나 이 무더위에.

주인놈은 그동안 관리비 남 주느니 자신이 하는 게 낫다고 생각해서 직접 계단 청소를 해왔는데 청소하기가 점점 힘들다고 했다. 나이 때문이라고. 그래서 기왕이면 관리비 남 주느니 건물 식구에게 기회를 주고 싶어서 적임자를 생각했는데 그게 바로 나라는 거였다.

나이 문제라면 나는 35 혹은 53이라 주인님과 비교해도 만만치 않다고 하려다가 한 달에 오만 원을 주겠다는 말에 군소리 없이 수락했다. 돈 버는 일에 관한 한 나는 웬만해선 거절하지 않는다.

주인님은 곧바로 내게 열쇠를 내밀었다. 빗자루와 대걸레, 양동이가 있는 일 층 창고 열쇠였다. 내가 수락할 걸 알고 미리 준비해온 것 같았다. 그런데 왜 내가 계단 청소를 선뜻 할 거라고 생각했지? 내가 알바를 쉬고 있다는 걸 알고 있나?

문을 닫고 돌아서는데 또 초인종이 울렸다. 주인님 왈, 지금 당장 계단을 청소하라는 거였다. 저놈의 주인놈을 정말!

나와 도서관 2

점심시간에 집에 들르는 대신 도서관 앞 편의점에 들어갔다. 컵라면이 떨어졌기 때문이다. 컵라면 대신 편의점 도시락을 사 먹으려고 했는데 더블삼각김밥을 보고 마음을 바꿨다. 내가 싱글인 탓에 더블이란 단어에 끌려서 그랬다.

삼각김밥은 고맙게도 참치마요와 햄김치볶음 두 종류였다. 삼각김밥엔 바나나우유지. 도서관 벤치에서 먹어야겠다. 나는 삼각김밥과 바나나우유를 집어 들고 카운터로 갔다.

이십 대 초반으로 보이는 남자 알바생이 친절하게 물었다.

"봉다리 드릴까요? 이십 원인데."

봉…다리라고? 얼굴은 앳돼 보이는데 어휘 선택은 무지 어른스럽네. 나는 그 자리에서 터져 나오려는 웃음을 참기 위해 숨을 깊게 들이마셨다.

"네. 주세요."

알바생은 봉투를 무상으로 제공할 수 없다는 규정 때문

인지 미안하다는 표정을 지었다.

편의점을 나와 도서관 벤치에 앉아서 삼각김밥과 바나나우유를 먹었다. 순간 벤치 앞을 지나가던 한 할아버지가 내 앞에 멈춰 섰다. 도서관의 부스럭, 아니 바스락 할아버지였다. 할아버지는 삼각김밥과 바나나우유를 번갈아 쳐다봤다. 먹던 거라 나눠드릴 수가 없었다. 유감스럽게도 참치마요와 햄김치볶음을 한 입씩 번갈아가며 먹고 있었던 것이다. 나름 변명을 하자면 한 종류만 먹자니 목이 막혀서.

"젊은 사람이 그거 먹고 되겠어?"

할아버지는 나를 향해 안쓰러운 표정을 지어 보이고는 가던 길을 갔다. 갑자기 가슴속에서 바스락, 소리가 났다. 신문의 바스락 소리가 아니라 낙엽의 바스락.

다시는 도서관 벤치에서 점심을 때우지 않으리라 다짐하며 할아버지의 뒷모습에 대고 중얼거렸다.

"제가 봉다리 한 장에 이십 원을 받아서요. 봉다리 붙이는 알바 하거든요."

벤치에서 도서관으로 복귀하자(삼십 초 거리였다) 알바생이 여전히 슬리퍼를 찍찍 끌면서 서가를 정리하고 있었다.

인간은 변하지 않는다….

그래, 인간은 변하지 않는 존재다. 사랑이 변하는 건 인간이 변하지 않기 때문이다. 사랑이 변하지 않는다면 인간이 변한 거다. 인간은 본래 변하지 않는 존재인 탓에 사랑이 변할 수밖에 없는 거다.

하지만 나는 인간이 변하길 간절히 원하는 존재인 동시에, 사랑이 변치 않기를 너무도 바라는 존재인 탓에 서가 알바생을 대상으로 이 믿음을 실험해보기로 했다. 그러니까 나라는 인간이 변하는 존재가 되기 위해 서가 알바생을 대상으로 변치 않는 사랑을 하겠다는 게 아니라, 서가 알바생이 적어도 겨울까지는 변한다에 내기를 걸기로. 즉 겨울에는 슬리퍼 소리를 내지 않게 된다에 말이다.

만일 서가 알바생이 겨울에도 슬리퍼 소리를 계속해서 낸다면 '인간은 변하지 않는다'라는 주제로 시나리오 한 편을 쓰고, 슬리퍼 소리를 멈춘다면 '인간은 변한다'라는 주제로 시나리오 한 편을 쓸 것이다. 물론 꽃잎을 하나씩 뜯어가며 "인간은 변한다, 변하지 않는다, 변한다, 변하지 않는다"를 읊조린다거나, 마찬가지로 꽃잎을 뜯어가며 "사랑은 변한다, 변하지 않는다, 변한다, 변하지 않는다"를 말해가며 체호프의 유명한 연극 대사를 외우는 방법의 실험도 있긴 하다. 그러나 꽃잎에 인간(또는 사랑)의 운명을 맡기는 일은 어쩐지 내키지가 않아서 계절에 맡겨보려는 것이다.

그러므로 이 실험의 과정을 지켜보기 위해서라도 나는 도서관을 계속 다녀야 한다. 어이, 거기, 내 옆에 앉아 마우스 딸깍이는 분, 시나리오 한 편이 어디서 거저 나오는 줄 알아요?

나와 오만 원

....

나의 오만 원 벌기 운동이 본격적으로 시작되었다. 계단을 오르락내리락하면서 청소를 하는 일은 확실히, 운동이 되는 일이었다. 게다가 돈도 벌고 일석이조였다.

그동안 계단을 오르내릴 때마다 무심코 지나쳤던 얼룩들이 차츰 눈에 띄더니 이제는 계단 위에 살포시 내려앉은 먼지까지 보이기 시작했다. 아니, 껌까지? 누가 계단에 껌을 뱉어놓은 거야! 시력 문제로 한 글자씩 틀리게 읽는 습관을 지닌 내가 계단의 청결 문제에 대해서는 시력 2.0도 저리 가라였다.

비질을 마친 다음 오 층에서부터 일 층까지 물걸레질을 하고 내려오면서 일 층 현관 입구에 다다라 걸레질을 마무리하곤 속으로 일석이조를 한 번 더 외치던 참이었다. 석이—이 층 맞벌이부부의 아들—가 스크류바를 빨면서 현관 안으로 들어섰다. 반쯤 남은 스크류바가 녹으면서 끈적

끈적한 하드 국물이 바닥으로 떨어져 내렸다. 방금 걸레질을 마친 바로 그 자리에 말이다. 녀석은 나를 흘끔 보곤 미안하다는 말도 없이 그냥 지나쳐갔다.

"야!"

"왜요?"

석이의 당당함에 더욱 화가 났다.

"왜 하드를 바닥에 흘려? 청소하는 사람 따로, 흘리는 사람 따로 있는 줄 알아? 이제 흘려가며 먹을 나이는 지났잖아. 엉?"

"일부러 흘린 거 아닌데…."

석이는 입을 삐죽이며 울먹이기 시작했다. 그러고는 정확히 삼 초 만에 볼에서 눈물을 떨어뜨렸다. 나는 괜히 뜨끔했다. 엄마한테 이르면 어쩌나. 어디 석이 엄마가 좀 무서워야 말이지.

석이 엄마는 이 동네 두레마트 계산원이고 아빠는 배달원이다. 두 사람 다 늦게 퇴근하기 때문에 석이는 어린이집에 다녀온 뒤로는 부모님이 올 때까지 혼자 지냈다. 은행 대출금 때문에 석이가 초등학교를 졸업할 때까지 맞벌이를 해도 다 갚지 못할 거라고 석이 엄마는 늘 푸념했다.

며칠 전 나는 민소매 티와 핫팬츠 차림으로 밖으로 나갔다가(여기서 밖이란 건물 바깥이 아니라 옥상을 뜻한다) 옥상에서 빨래를 널고 있는 석이 아빠와 마주쳤다. 우리는 동시에 화들짝 놀랐는데 석이 아빠의 눈동자가 나보다 오 밀리미터는 더 커졌다.

나는 뒤이어 나머지 빨래를 들고 올라온 석이 엄마와도 마주쳤다. 이번에는 석이 엄마의 눈동자가 나보다 십 밀리미터는 더 커졌다. 석이 엄마는 나를 위아래로 당당하게 노려보았는데 솔직히 석이 아빠의 시선보다 더 노골적이었다.

내가 못 입을 걸 입었나? 하는 죄인 같은 심정이 되어 도로 방에 들어갔다. 왜 이렇게 뒤가 따갑지? 이 옷차림으로 두레마트에 두부 사러 나간 것도 아니고, 고작 방에서 옥상으로 나온 것뿐인데….

솔직히 말해 옥상은 내 전용 공간이 아니었다. 석이네는 매번 옥상에다 빨래를 널었고, 신혼부부와 주인님은 에어컨 실외기를 올려다 놓았으며, 간혹 주인님이 친구들을 불러 옥상에서 바비큐 파티를 하기도 했다. 얼마 전에는 반지하에 이사 온 공시생까지 슬그머니 올라와 담배를 피우곤 꽁초까지 버리고 사라졌다. 이러니 석이를 혼내는 내 태도에 석이 엄마에 대한 감정이 실려 있지 않을 수 있겠는가.

"어어? 코흘리갠 줄 알았더니 눈물흘리개잖아?"

"아니야, 코흘리개 아니야, 눈물흘리개 아니야!"

석이가 이제는 아예 소리 내어 울기 시작했다. 여섯 살 꼬마가 울 때 달래주면 더 우는 법이다. 위로는 금물. 차라리 더 혼내는 게 낫다. 경험에서 우러나온 판단은 아니니 틀릴 수도 있다.

"계단에 껌 뱉은 거 너지?"

"아니야, 나 아니야!"

석이는 방금 닦아놓은 계단에 나머지 스크류바를 전부 흘려가며 울었다. 순간 거짓말처럼 석이 엄마가 들어섰다. 그녀는 이 상황에 대해 굳이 설명하지 않아도 다 안다는 표정으로 나를 노려보고는 석이의 머리통을 한 대 갈겼다. 나더러 보라는 듯이.

더 울리려던 게 아니라 단지 달래는 기술이 없었을 뿐인데. 석이 엄마는 더 울리기 위해 때리는 것 같았다.

"아앙, 왜 때려!"

엄마의 의도에 부응하듯 석이가 눈물콧물 흘려가며 건물이 떠나가라 울어댔다. 그러고는 다 녹아내려 나무만 남은 스크류바의 막대기를 바닥에 패대기쳤다. 석이는 그러고 싶었을 것이다. 억울한 심정을 그런 식으로라도 토로하고 싶었을 것이다.

평소에 석이 엄마는 석이가 ADHD라고 동네방네 떠들고 다녔는데 에이, 벌써부터 자식에게 A라는 글자를 달아줘서 사람들에게 편견을 심어줄 필요는 없다고 생각합니다요. 석이 어머니, 저 녀석은 그냥 울보예요.

주인님이 카페에서 나와보곤 이 상황에 대해 굳이 설명을 듣지 않아도 알겠다는 표정을 지은 뒤 다시 들어갔다. 아니, 중재도 안 하고 그냥 들어갈 것 같으면 뭐 하러 나온 겁니까.

석이 엄마는 또다시 나더러 보라는 듯 석이를 잡아끌고 이 층으로 올라갔다. 나는 묵묵히 막대기를 주운 다음 하드 국물이 묻은 바닥을 다시 청소했다. 휴우, 오만 원 벌기, 쉽지 않구나.

바닥 청소를 끝내고 나서 대걸레에 기대어 한숨 돌리려다가 하마터면 쓰러질 뻔했다. 대걸레에게는 잘못이 없었다. 잘못이라면 나보다 몸무게가 한참이나 덜 나가는 대걸레에 기대려 한 내게 있었을 뿐.

가까스로 몸을 추스르려는데 반지하에서 얼굴이 허연 사내 하나가 불쑥 올라왔다. 앗, 깜짝이야. 달걀귀신인 줄. 사내는 얼마 전 이사 온 공시생이었다. 청소는 끝날 때까지 끝난 게 아니었다. 반지하가 있다는 걸 깜박한 것이다. 나는 대걸레를 내려놓고 다시 빗자루를 들었다. 공시생은 내가 청소하는 아줌마인 줄 알고 "처음 뵙겠습니다. 수고가 많으시네요" 하면서 꾸벅 인사했다.

초면은 아닐 텐데?

나는 송곳 같은 눈초리로 공시생을 노려보며 물었다.

"엊그제 옥상에 꽁초 버리고 갔죠?"

공시생은 머리를 긁적이며 입가에 미소를 띠었다. 미안할 때마다 으레 취하는 제스처 같았다.

"내 방이 반지하라 담배 피우면 환기가 안 돼서요. 앞으로는 주의하겠습니다."

그러고는 나를 빤히 바라보더니 갑자기 반가운 척했다.

"혹시, 옥탑방 시나리오작가님?"

나는 "흐음" 하는 헛기침 소리로 긍정의 답변을 대신했다.

"앗, 처음 뵙겠습니다. 반지남이라고 합니다."

초면이 아니라니까.

저절로 지하수, 장마철, 구들장, 문지방 같은 이름들이 연상되는 순간 반지남은 자기소개를 이어갔다. 반지하남은, 아니 반지남은 대학 졸업 후 군대를 다녀온 뒤로 오 년째 공무원시험 준비 중인데 고시원이 지긋지긋해서 반지하로 탈출했다고 했다. 앞으로 지도편달 부탁한다고.

나는 봄에 옥탑방으로 이사 온 데다 반지하에서는 살아본 적이 없으므로 그곳에 대해서는 새내기라고 답했다. 나는 대화 도중 반지남이 서른이란 걸 알게 됐고 반지남은 내가 35 혹은 53이란 걸 알게 되었는데 "앞으로 말 놓으세요, 누나"라는 반지남의 말에 "그러지, 뭐" 하면서 졸지에 말을 놓게 됐다.

우리는 각자 처한 환경, 그러니까 반지하와 옥탑방에 대한 이야기를 나누면서 앞으로 서로의 방에는 초대하지 말자고 합의했다. 상대방, 즉 상대의 방에 대한 환상을 간직하고 싶어서였다. 반지남은 아직 살아보지 않은 옥탑방에 대해, 나 역시 아직 경험해보지 못한 반지하에 대해.

반지남은 저녁 약속이 있어서 가봐야 한다면서 일종의 집들이 개념이라 덧붙이며 건물을 나섰다. 반지하라 음식 냄새 날까 봐 집들이도 밖에서 하고, 담배도 옥상에서 피우고, 환기 문제에 꽤 관심이 많은 친구였다. 가뜩이나 얼굴이 하얀데 반지하에서 살다가 더 하얘지는 거 아닐까?

나는 이제 한 건물 식구가 된 반지남을 친누나 같은 심정으로 잠시 걱정하면서 다시 빗자루와 걸레를 꺼내 들었다. 그리고 지하로 내려가는 계단 청소에 나섰다. 휴우, 오만 원 벌기, 진짜 쉽지 않다.

나와 〈치마의 모험〉

〰〰〰〰〰〰〰

계단 청소가 다 끝나자 주인님이 카페를 정리하고 나섰다. 주인님은 계단실에 청소 도구를 집어넣고 있는 내게 웬 초대권을 불쑥 내밀었다.

"보러 갈래?"

같이 보러 가자는 건가? 혼자 보러 가라는 건가? 아니면 돈 대신 주는 건가? 안 된다. 그것만은 절대 안 된다. 공짜 초대권이 내 신성한 노동의 대가여서는 아니 되옵니다, 주인님.

나는 고개를 저으며 뒤로 물러섰다.

"뭐예요?"

"〈치마의 모험〉 뮤지컬 초대권. 아까 극단 사람이 카페에 와서 뿌리고 가던데? 이거 옥탑이 쓴 거 아냐?"

"네? 뭐라고요?"

"옥탑이 〈치마의 모험〉 작가 아니냐고?"

나는 주인님의 손에서 초대권을 뺏다시피 낚아챘다. 갑자기 머릿속이 하얘지면서 텅 비는 느낌이 들었다.

"급했군. 급했어."

주인님은 깨끗해진 계단을 보며 흡족한 표정으로 사 층을 향해 올라갔다. 순간, 앞으로는 건물 내에서 계단용 슬리퍼를 신는 게 어떠냐는 제안을 건물 식구들에게 해볼까 하는 생각이 머리를 스쳤지만 지금은 이런 생각을 할 계제가 아니었다.

당장 옥탑방으로 올라가 슬리퍼를 운동화로 갈아 신고 도보 사 분 거리의 도서관으로 달려갔다. 달리면 이 분 삼십 초 거리라는 걸 처음 알게 됐다. 인터넷 코너로 가서 뮤지컬 〈치마의 모험〉을 검색했다. 가뜩이나 더운데 옥탑방에서 인터넷을 검색하면 더 열받을 거라는 걸 미리 계산한 현명한 선택이었다.

내 데뷔작은 뮤지컬로 탈바꿈하여 대학로의 한 극장에서 절찬리에 공연 중이었다. 인터넷 홍보자료에는 내 이름도 올라가 있었다. '원작 나해수'로 말이다.

뮤지컬로 공연해도 된다고 허락한 적 없는데. 원작에 내 이름 올리라고 허락한 적도 없는데.

나는 인터넷 검색 제한 시간이 지나고 다른 이용자가 내게 자리를 비켜달라는 말을 하기 전까지 그대로 앉아 있었다. 내 안의 어떤 소중한 것을 밟히고 찢기고 빼앗긴 기분인데 일어설 기운이 나겠는가!

옥탑방으로 돌아와 영화사에 항의 전화를 했다. 전화를 받은 비서는 대표가 자리에 없다고 하면서 내 이야기를 전해주겠다고 했다.

이튿날, 영화사 법무팀으로부터 전화가 걸려왔다. '법적으로' 각본계약서에는 전혀 문제가 없다는 답변이었다. 그럼 도의적으로는 문제가 있다는 뜻?

나는 십 년 전 계약서를 찾아 꼼꼼하게 읽기 시작했다. 내가 데뷔할 당시에는 시나리오 표준계약서란 게 없었다. 표준계약서는커녕 각본계약서에 사인을 할 때 뒤에 한 장이 더 있었는데 그게 바로 '시나리오 저작권 양도증'이었다. 나는 거기에 사인하는 것이 정확히 무슨 의미인지도 모른 채 계약서에 사인을 했다.

각본계약서 뒤에 부록처럼 달랑 붙어 있던 그 한 장에는 시나리오의 대사, 내용뿐 아니라 주제, 플롯, 스토리, 캐릭터, 제목, 기타에 대한 모든 결과물이 갑(영화사)에게 '영구적으로 귀속'된다는 문구가 있었다. 영구? 이건 영원히란 말이겠지? 영구와 땡칠이의 영구가 아니라? 이거야말로 영구 같은 영원한 갑질이네. 갑자기 정신이 번쩍 들었다.

다음 날 나는 우체국으로 달려가 영화사와 극단에 내용증명서를 보냈다. 원작자의 허락도 안 받고 한마디 통보도 없이 뮤지컬을 하고 있다는 사실에 대해 영화사와 극단에 심한 정신적 타격을 입었다. 이로 인해 현재 진행 중인 시나리오 작업에 차질을 빚고 있으니 영화사와 극단에서 조속한 시일 내에 원만한 해결을 해주길 바란다. 만약 이를 거부한다면 2차저작권침해로 손해배상청구를 할 것이라고.

보름을 기다렸으나 예상대로 답변이 없었다. 답이 없다는 건 영화사에서 그만큼 계약서에 자신이 있다는 의미였다.

홧김에 초대권을 찢어버린 나는 하는 수 없이 내 돈 내고 뮤지컬 〈치마의 모험〉을 보러 갔다. 막이 오르기 전 불이 꺼지자 영화를 개봉한 날의 기억이 떠올랐다. 그때도 내 돈 내고 보러 갔었다. 시사회 때의 관객 반응보다 돈 주고 보러 온 관객 반응이 진짜라는 말을 현이에게 들은 탓이었다.

확실히 시사회 관객과 돈 주고 보러 온 관객은 달랐다. 다소 들떠 있었던 시사회의 활기찬 분위기와는 달리 돈 주고 보러 온 관객들은 비교적 차분했다. 조용하게 속삭였고 하품도 했고 소리 내어 웃는 대신 피식 웃었다. 손수건을 꺼내 눈자위를 지그시 누르는 관객도 있었는데 하품하다 눈가에 맺힌 눈물을 닦기 위해 그러는 것 같았다.

엔딩타이틀이 오르기 시작하자 화장실로 달려갔다. 빈 자리를 찾아들어가 문을 잠그자마자 눈물이 쏟아졌다. 나야말로 내 영화의 순수한 관객이었으며 '눈물'이 나라는 관객의 진짜 반응이었다. 새삼 〈바지의 모험〉을 이 자리에서까지 반복해서 언급하고 싶지는 않다.

잠시 후 영화를 보고 나온 사람들이 화장실로 몰려들기 시작했다. 눈물을 멈출 수도 변기 앞에서 시간을 끌 수도 없어서 나는 그냥 밖으로 나왔다.

재채기와 사랑은 숨길 수가 없다고 누가 그랬나? 이미 흘린 눈물도 감출 수는 없었다. 흘리기 전이라면 모를까. 딸기코가 되어 문을 열고 나오는데 이십 대로 보이는 여자애들이 날 흘끔 보곤 수군거렸다.

"이 영화 슬픈가 봐."

"로맨틱코미디 아니야?"

"그러게.《씨네24》에서 그렇게 읽었는데."

뮤지컬이 끝나고 화장실에 갔다. 영화 개봉 때와 똑같이 빈자리를 찾아들어가 문을 잠갔다. 눈물은 나오지 않았다. 지난날 흘린 눈물은 초심자의 눈물이었을까.

공연장을 나서서 집으로 오는 길에 다시 도서관으로 발길을 돌렸다. 도서관에 가 있으면 어쩐지 위로가 될 것만 같았다. 하지만 곧 포기해야 했다. 밤 열 시가 넘어 문을 닫은 시간이었으므로.

다가구주택 건물의 입구에 도착해보니 석이가 문 앞에 앉아 졸고 있었다. 부모님을 기다리는 모양이었다. 와락, 석이를 들쳐 업고 집까지 바래다주었다. 그래봤자 이 층까지지만.

나와 저작권

███████████████████████

　한밤중에 석이 엄마가 주인님에게 하소연하는 소리가 옥상까지 들려왔다. 퇴근하면서 주인님과 마주친 모양이었다. 석이 엄마는 주인님에게 말만 한 아가씨가 사람들이 수시로 드나드는 공간에서 핫팬츠를 입고 쏘다녀 얼굴이 화끈거린다며 이제는 옥상에 빨래도 못 널겠다고 투덜댔다.

　이 골목은 밤이면 아래층에서 얘기하는 소리가 고스란히 옥상으로 전달된다. 그러므로 그 소리는 나를 향한 송곳이었다.

　아, 비유가 틀렸잖아요. 우선 나는 말만큼 크지 않은 데다 35 혹은 53이라 아가씨라 불리긴 애매하고, 옥상은 사람들이 수시로 드나들어선 안 되는 공간이며, 옥탑방에 딸린 고유의 공간이고(이라 생각하고), 내가 옥상에서 쏘다닌 게 아니라 석이 어머니가 침범한 거거든요.

　나는 억울했지만 그녀의 다음 대사로 인해 주인님 들으

라고 하는 말이었음을 깨닫고는 억울함을 거둬들였다.

석이 엄마의 요지는 다른 다가구주택에 가보니까 공용 건조기가 있던데 우리는 왜 없냐고 한 대 사면 안 되냐는 거였다. 주인님은 삼 층 신혼집처럼 건조기를 들여놓으면 되지 않느냐고 말했다. 석이 엄마는 그 집처럼 건조기 살 형편이 될 거 같으면 이런 말을 하겠냐고 되물었다.

주인님의 태도는 어떤 의미에서 생면부지의 장기연체자 고명철 선생님을 연상케 했는데, 아니 되돌아올 답을 뻔히 알면서도 건조기를 들여놓으라니, 당신도 상대에게 스트레스를 주면서까지 소통하고픈 타입?

건조기에 관해서라면 신혼집을 언급하고 넘어가야겠다. 그 집에는 건조기가 있으니까. 솔직히 신혼집은 가전제품을 모시고 살고 있다. 들어가본 적은 없지만 이사 오는 날에 이삿짐을 보고 알게 됐다. 냉장고만 해도 세 대나 되었다. 일반 냉장고, 김치 냉장고, 와인 냉장고. 그리고 에어컨, 세탁기, 식기세척기, 정수기에 원두커피 기계도 있었다. 게다가 석이 엄마가 원하는 빨래 건조기까지!

이러니 신부가 나를 볼 때마다 "이번 계약 기간만 끝나면 아파트로 이사 갈 거예요. 너무 좁아서 못 살겠어요"라는 말을 안 하고 배기겠는가. 엊그제 재활용 쓰레기장 앞에서 만났을 때도 신부는 "아니, 이 건물은 왜 이렇게 평수를 좁게 지었지? 도대체 사람이 살라는 거야, 말라는 거야" 하면서 건물을 향해 날카로운 비판의 송곳을 들이댔다.

신부는 이사 오면서부터 이 건물에 '주홍글자'를 달아놓은 것 같았다. 안 그래도 건물 일 층에 카페 A란 간판이 버젓이 달려 있고 밤이면 조명으로 인해 A란 글자에 주홍빛이 은은하게 비쳐서 신부한테 그렇게 보이는 것도 무리는 아닐 터였다.

신부가 남에게 투덜대면서 스트레스를 해소하는 스타일이라면 석이 엄마는 자신을 들들 볶으면서 스트레스를 쌓아가는 스타일이었다. 자신을 볶는데 남이 볶이는 느낌을 받게 만드는 것도 재주라면 재주랄까. 석이 엄마는 건조기 살 형편도 못 되는 자신의 처지를 비관하고 나섰다. 그토록 건조기를 갈구하는 석이 엄마의 어조는 거의 애원에 가까웠다. 따라서 주인님이 침묵하고 있는 걸로 보아 마음이 흔들리는 중(볶이는 중)인 것 같았다.

나는 속으로 석이 엄마에게 한 표를 던지며 잠자리에 들었는데, 이 와중에 잠이 올 거라 생각한 내가 잘못이었다. 그래서 잠이 안 오는 김에 시나리오 작업을 하려 했으나 집중이 안 돼서 그냥 뜬눈으로 밤을 새웠다.

다음 날 눈을 뜨자마자, 아니 계속 눈 뜬 상태로 있다가 저작권 전문 변호사를 찾아가 각본계약서를 보여주며 상담을 요청했다. 저작권 전문 변호사를 찾아내는 일은 어렵지 않았다. 수족관 전문가를 찾았던 방법대로 하면 되었다. 즉 청계천 대신 교대역 부근에서 삼십여 분 탐색전을 벌이니 찾을 수 있었다.

계약서를 훑어본 변호사는 내가 불리하다면서 지더라도 의미 있는 싸움이 될 것 같으니 소송하자고 했다. 하지만 아주 가능성이 없는 건 아니라고. 나는 눈앞이 캄캄해졌다. 가뜩이나 시력도 안 좋은 마당에. 그러면서 변호사는 나의 몸값을 물어보았다. 회당 얼마 받느냐고.

모, 몸값이라니?

나는 변호사가 나랑 자자고 하는 줄 알았다. 한 번 하는데 얼마를 받느냐고.

변호사는 드라마 작가로 유명한 천승연 작가가 저작권침해소송에서 이긴 사례를 말해주었다. 이 작가는 드라마 한회당 천만 원을 받는데 영화사에 청구한 금액이 억대가 넘는다고 했다. 아, 그 소리였나. 변호사에게 달려들어 머리를 쥐어뜯지 않길 잘했다. 그런 뜻이라면 나는 현재 몸값 제로 짜리 작가다. 시력도 안 좋은데 머리까지 나쁘다니. 그 자리에서 내 머리를 쥐어박고 싶었지만 더 나빠질까 봐 참았다.

나는 변호사를 선임할 돈이 없었다. 작가들의 조직에 속해 있지도 않았다. 돈도 없는 주제에 조직의 힘을 빌릴 수도 없었다. 이길 자신도 없었다. 하지만 소송하기로 결심했다. 상담료만 지불하고 변호사 사무실을 나섰다.

옥탑방에 돌아와 다시 계약서를 검토하고 혼자서 소장을 작성해나갔다. 인터넷을 뒤져가며 저작권침해에 대한 유사 사례들을 검색한 다음 읍소형 문장과 설득형 문장 사이에서 고민하다가 설득형을 택했다. 우는 거야말로 나의 전문이지만 운다고 해결될 문제도 아니고 작가라면 자기 전문이 아닌 문장에도 도전해보아야 하지 않겠는가.

…나는 영화화를 허락하는 시나리오양도계약서에 도장을 찍은 것이지 뮤지컬을 허락하는 공연양도계약서에 도장을 찍은 건 아니다. (그러므로 뮤지컬은 불법이란 뜻.)

…영화사에서 원작자에게 허락도 받지 않고 극단에 뮤지컬을 만들 권리를 주는 건 명백히 공평의 관념에 위배될뿐더러 저작권의 취지와 거래의 통념에도 반하는 행위

다. (그러니까 뮤지컬은 불법이란 뜻.)

  이런 취지의 글을 쓴 뒤 영화사와 극단을 상대로 내 오리지널 시나리오 〈치마의 모험〉에 대한 2차저작권침해소송을 제기했다. 그리고 무작정 《씨네24》의 편집장에게 이메일을 보내 이 사건을 기사화해줄 것을 요청했다. 비록 조직에 속하지 않은 힘없는 개인이지만 개인적인 싸움으로 끝나선 안 될 것 같다고. 이 사건은 시나리오작가 개인의 문제가 아니라 전체의 문제라고.
  며칠 후 《씨네24》에서 전화가 왔다. 편집장에게 이메일 내용을 전달받았다며 인터뷰를 하자는 기자의 전화였다. 나는 《씨네24》로 찾아가 취재팀 새내기 기자와 인터뷰를 했다.
  기자는 질문할 때마다 가뜩이나 동그란 눈을 더 동그랗게 뜨고는 "저어, 궁금한 게 있는데요"를 추임새처럼 넣어가며 물었다. 추임새는 의욕에 넘치는 기자 고유의 분위기와 잘 어울렸는데, 나는 다음 시나리오를 쓸 때 기자의 말투를 써먹기로 했다. 물론 기자의 말투는 기자에게 소속된 고유의 저작권이므로 반드시 허락을 받은 뒤에 사용할 것이다.

인터뷰를 마치고 돌아오는 길에 '열심히 싸우세요. 마음속으로 계속 응원하겠습니다'라는 기자의 문자를 받고서 드디어 소송 한가운데로 내던져졌음을 실감했다. 이제는 되돌아갈 수도 돌이킬 수도 없음을.

한 주가 지나 내 소송사건은 기사화되었다. 기자는 친절하게도 《씨네24》를 두 부나 보내주었다. 한 부는 고향에 계신 아버지께 자랑하라는 뜻? 나는 고개를 저었다. 제발 아버지가 이 기사를 접하게 되는 일이 없기를 바란다. 자식이 소송한다는데 어느 부모가 좋아하겠나. 만일 소송비를 걱정하면서 그간 모아놓은 쌈짓돈을 주신다면 그걸 어떻게 받나. 가슴이 찢어질 텐데. 결국 소송작가로 《씨네24》에 나오는구나. 시나리오작가로 유명해져서가 아니고.

나는 《씨네24》를 펼쳐 내 인터뷰 기사부터 찾았다.

**영화 〈치마의 모험〉 시나리오작가 나해수,
뮤지컬 〈치마의 모험〉에 저작권침해소송 걸었다!**

이제 소송작가로 낙인찍히면 영화판에서 일하기도 힘들겠다는 불안감이 엄습해왔다. 데뷔작이 은퇴작이 될 수도 있겠다는 불안감이. 그럼 〈세 개의 태양〉은 어떻게 하지?

나와 나혜석의 운명은?

그러나 뒤이어 영화 단체에 소속되어 있는 작가와 감독들이 내 소송을 지지한다는 인터뷰 기사를 읽으며 불안감이 서서히 가시기 시작했다. 한 감독은 이런 일은 있을 수도 없고 일어나서도 안 되는 일이라며 자기 일처럼 흥분을 했다. 그래, 내 편이 있었구나. 당장 이들을 찾아가 탄원서를 받아야겠다고 결심했다.

이럴 때 현이가 옆에 있었다면 뭐라고 했을까. 박수를 쳐주었을까? 소송을 말렸을까? 박수를 치고 나서 소송을 말리진 않았을까?

다음 페이지를 넘기자 미투 제보 기사가 펼쳐졌다. 기자는 스페인에서 날아온 제보라고 밝혔다. 현재 스페인에 머물고 있는 프로듀서 A양이 영화감독 G씨를 상대로 미투를 했다고. 또다시 머릿속이 하얘지고 있었다. 충격 하나가 가시기도 전에 새 충격이 연이어 밀려든 것이다.

A양은 확실한 현이였다. 어쩐지 현이 같았다거나 미루어 짐작컨대 현이일 것이다가 아니라 내가 알고 있는 현이. 너무도 잘 알다 못해 산산이 부숴버릴까 고민 중인 이름, 현이였다. 그런데… 현이가 미투를 했다고? 상대는 그 이름도 유명한 G감독이라고?

현이야, 나 방금 네 생각을 하고 있었는데 너에 대한 기사가 나오다니. 너랑 나는 떼려야 뗄 수 없는 인연이구나.

《씨네24》에는 나와 연락하지 않은 동안 프로듀서 A양으로 표기된 현이의 행적이 고스란히 나와 있었다. 현이는 스페인에 가기 전 하나밖에 없는 투자사 친구 A씨가 투자사를 그만두고 차린 영화사의 피디로 들어갔다. 영화사 대표가 된 A씨는 백이십 억짜리 떼남자 영화를 창립작으로 준비 중인데 연출을 맡긴 감독이 G씨라는 것이다.

나와 실패담을 연달아 찍은 뒤로 현이는 틈날 때마다 투자사 친구 A씨가 영화사를 차리면 그 회사의 프로듀서로 가겠다고 노래를 해오지 않았던가. 그러니 프로듀서 A양은 현이일 수밖에. 현이의 송곳은 그간 참고 있다가 스페인에서 삐져나온 거였다.

나는 곧장 현이에게 메일을 보냈다. 내게 먼저 말해줄 수는 없었냐고. 그럼 어깨라도 빌려줄 수 있었는데. 어떤 영화에서 봤는데 작가란 직업이 그럴 때 쓰라고 있는 거래. 힘들 때 내 어깨에 기대지 그랬어. 기대서 울건, 욕을 하건, 함께 싸울 결심을 하건… 하면서 말이다.

투자사 친구 A씨가 차린 영화사 합류. 백이십 억짜리 상업영화 피디. 그리고 미투.

나는 현이에 대해 무엇을 알고 있을까. 도대체 무엇을 제대로 알고 있을까. 아로와나를 기르는 법에 대한 최소한의 정보 제공은 고사하고, 자신에게 일어난 일조차 알려주지 않는 현이에 대해.

새벽녘 현이에게 보낸 메일함에 들어가 수신확인을 했다. '읽지 않음'이란 글자가 떠 있었다. 지금껏 내가 잘못 생각해온 건 아닐까. 현이가 나라는 실패작으로부터 도망친 게 아니라 내가 현이와의 관계에 있어 실패한 게 아닐까. 현이가 영화판에 하나밖에 없는 피디 친구라는 건 그저 내 생각에 불과한 건 아닐까.

나는 현이에게 보낸 메일함에서 '발송취소' 키를 눌렀다.

나와 삼천 원

다음 날 밤 열 시에 도서관을 나서서 집으로 발걸음을 옮기며 내 인생에 대해 심각한 점검에 들어갔다. 그간의 실패 요인을 분석해서 다음부터는 실패하지 말자는 게 내 의도였지만, 고작 사 분 동안 분석해서 실패하지 말자는 결론에 이른다는 게 어디 쉬운 일이겠는가. 차라리 제대로 분석해서 실패의 횟수라도 좀 줄여보자는 게 진짜 의도였다.

과거부터 반성해 현재로 올라올까. 현재를 반성하면서 과거로 거슬러 올라가는 방식을 택할까. 어떤 방식이 더 시간을 절약할 수 있을까 고민하면서(그만큼 급했다) 최근에 문을 연 옛날통닭집을 지나는데 갑자기 머리를 한 대 세게 얻어맞은 듯한 느낌이 들어 나도 모르게 아, 하는 신음을 토해냈다. 머리에 번개 맞은 건 아니고 어떤 깨달음이 머리통이 깨지는 것처럼 아프게 찾아왔다. 고시원 시절, 동네 치킨집에서 거스름돈 삼천 원을 더 받아와 끝내 돌려주지 못했던 기억이 섬광처럼 떠오른 거였다.

패인 분석은 사 분도 채 걸리지 않았다. 이 분 삼십 초쯤 걸렸을까? 도서관에서 집까지 걷지 말고 달려도 될 뻔했다.

결론인즉, 내 인생은 삼천 원 때문에 꼬였다. 삼천 원을 돌려주지 않아 그간 계속 실패해온 것이다. 그 시절, 내 주머니 속으로 꼴깍한 삼천 원은 주머니 속의 송곳처럼 계속 참았다가 이제야 밖으로 삐져나와 나를 찔러대기 시작했다.

사건 발생의 그날도 도서관에서 고시원으로 돌아오는 길이었다. 동네 치킨집을 지나는데 고소한 기름 냄새가 나를 유혹했다. 배달 치킨은 매장에서 먹는 것보다 저렴하고, 방문포장 치킨은 배달 치킨보다 더 저렴한 이유로 나는 치킨 반 마리 포장을 주문했다. 머릿속으로는 고시원 총무에게 들키지 않고 어떻게 내 방까지 무사히 치킨을 배달할 수 있을까 하는 생각뿐이었다. 들키면 한 조각 나눠줘야 하는데 냄새 풍긴다고 혼나면서까지 나눠주고 싶진 않아서였다.

한 조각도 뺏기지 않고 무사히 고시원 내 방에 들어와 치킨과 영수증, 거스름돈을 책상에 살포시 올려놓는 순간, 나는 거스름돈으로 삼천 원을 더 받아왔단 사실을 알게 되었다. 아니, 어떻게 이런 일이? 칠천 원 하는 반 마리 치킨을 사면서 만 원내고 거스름돈으로 분명히 세 장을 받았는데,

어떻게 세 장에서 삼천 원이 더 남을 수 있을까? 그러니까 왜 내 수중에 오천 원짜리 한 장과 천 원짜리 한 장과 영수증 한 장, 도합 세 장, 그래서 육천 원이 있냐는 말이다. 이는 수학자가 와도 풀지 못할 수학이었다. 그러나 삼천 원은 봉투를 백오십 장 붙여야 받는 돈(삼천 원÷이십 원)이란 건 중학생도 풀 수 있는 문제였다.

당장 발걸음을 돌려 치킨집에 가서 삼천 원을 돌려주고 오고 싶었지만 치킨이 식을까 봐 그럴 수가 없었다. 그래서 치킨을 먹기 시작했다.

치킨은 아주 꿀맛이었다. 예상치 못한 공돈이 생겨 평소보다 더 맛있는 느낌이었다고나 할까. 혼자 먹기 아까울 정도였다. 혼날 때 혼나더라도 총무에게 한 조각 나눠줄 걸 그랬나? 하는 후회가 들 정도로. 그러나 쾌락은 잠시였다. 공짜가 아니라 돌려줘야 하는 돈이라는 생각 때문에 마음에 걸렸다. 밤새도록 속이 부글거리고 따가웠다. 치킨을 튀길 때 사용한 기름 때문인지 양심에 걸린 탓인지 속이 부대껴 밤새 뒤척였다.

다음 날 아침, 도서관 가는 길에 삼천 원을 들고 치킨집에 갔다. 문 앞에는 'open 5:00pm, close 12:00am'이라고 영어로 적혀 있었다. 내가 살던 고시원 동네에는 외국인 노동자들도 많았으니까. 그냥 도서관으로 갔다.

그날 저녁, 도서관에서 오는 길에 다시 치킨집으로 갔다. 문에 '여름휴가'란 메모가 붙어 있었다. 영어로 된 메모는 없었는데 휴가 간다는 사실을 외국인 노동자들에게 알리고 싶진 않은 듯했다. 아니, 그새를 못 참고 휴가를 가다니. 나한테 한마디 상의도 없이. 잠시 서서 야속한 표정으로 치킨집 간판을 노려본 다음 다시 내 일상으로 돌아왔다. 그리고 차일피일 미루다 돌려줄 타이밍을 놓쳐버렸다.

실은 전부 핑계였을지 모른다. 치킨집을 지날 때마다 '지금이라도 돌려주어야 한다'와 '지금 돌려주기엔 너무 쪽팔리다'란 두 가지 마음 사이에서 갈등하다 그냥 포기해버린 것이다.

나는 그 뒤로 치킨집에 가지 않았다. 치킨집을 지나가야 고시원이 더 가까웠는데도 늘 한 바퀴 돌아서 갔다. 그런데도 치킨집 주인아저씨를 마주치는 날은 이게 오늘의 운명이려니 하고 받아들였다. 그런 날은 아저씨가 내게 '삼천원, 삼천 원, 내 돈 삼천 원' 하는 환청까지 들려왔다. 치킨이 먹고 싶은 날도 있었지만 꾹 참고 그냥 지나쳤다. 그리고 어느 날, 나는 그동안 받은 정신적 고통이 삼천 원의 열배도 넘는다는 생각에 돌려주지 않아도 된다고 결론내리고는 삼천 원 사건을 마무리 지었다.

그렇다. 내 인생이 이렇게 꼬이게 된 것은 삼천 원 때문이다. 처음에 정직하지 못했기 때문이고, 중간에 잠깐 흔들렸지만 결국 거짓을 택했기 때문이고, 지금도 정직하지 못하기 때문인데, 이게 다 삼천 원 때문이다.

정직한 사람의 인생은 실패하지 않는다.

고등학교 때 윤리선생님도 이렇게 말하지 않았는가. 이 말은 실패하는 사람의 인생은 부정직하다는 뜻이고, 내가 과거에 부정직했기 때문에 현재까지도 실패를 이어오고 있다는 뜻이다. 애들아, 내가 윤리선생님을 괜히 짝사랑한 게 아니었어.

나는 지금부터라도 정직해지기로 했다. 그래서 앞으로의 실패를 줄이기 위해 당장 거스름돈을 돌려주러 치킨집에 달려가기로 결정했다. 지금이 밤 열 시 사 분. 치킨집은 밤 열두 시에 문을 닫으니 서둘러 가면 된다. 아니, 천천히 가도 열한 시 전에는 충분히 도착할 수 있다.

버스정류장을 향하기 전, 삼천 원이 있는지 확인하기 위해 지갑을 열어보았다. 앞으로는 실패를 줄이기 위해 돌다리도 두들겨보고 버스 타자. 사 분(정확히 이 분 삼십 초)간의 패인 분석 후 뭐 이런 발전된 생각에서 비롯된 행동이었다. 다행히 지갑에는 삼천 원과 교통카드가 들어 있었다. 의욕적으로 버스정류장을 향하는데 때마침 정류장 앞 인형 뽑기 가게의 환한 불빛이 나를 향해 미소를 지었다. 인형 뽑기 가게는 대낮처럼 불을 환히 밝히고서 내게 어서 안으로 들어오라고 손짓을 했다. 분명 그 미소는 유혹적인 것이었으나 나는 과거의 실패를 만회하러 가는 길이었으므로… 아니, 젠장, 이 늦은 시간에 석이 저 녀석 저기서 뭐 하는 거지? 여섯 살밖에 안 된 꼬마 녀석이, 그것도 혼자서. 너무 위험한 거 아냐?

나는 한달음에 인형 뽑기 가게 안으로 들어갔다. 석이는 기계 손잡이를 상하좌우로 미친 듯 흔들어대고 있었다. 머리 따로 손 따로. ADHD라는 석이 엄마 말이 그리 틀린 말은 아니었어.

나는 석이에게 다가가 다짜고짜 물었다.

"야, 너 여기서 뭐 해?"

"인형 뽑잖아요."

석이는 시큰둥한 표정으로 나를 보더니 다시 인형 뽑는데 열중했다.

"그게 인형 뽑는 거냐? 기계 망가뜨리는 거지. 기계가 네 돈 그냥 먹었어?"

"아니요. 돈 안 넣었어요."

"그래서 부수는 거야?"

"인형이 그냥 나올지도 모르잖아요."

"이게 무슨 요술램프인 줄 알아? 인형 하나 뽑으려다 기계 값 물어주려고 그래? 여기 감시 카메라에 다 찍혀. 너 잡으러 온다."

"그럼 어떡해. 저거 꼭 갖고 싶은데. 애들은 다 갖고 있는데 난 엄마가 안 사준다잖아요."

석이가 울먹이며 《원피스》 피규어를 가리켰다. 아직도 저게 유행인가 싶었지만 한 번도 가져보지 못한 아이에게는 유행과 상관없이 갖고 싶을 수 있겠다는 생각에 고개를 끄덕였다. 그러고는 석이에게 이런 말을 내뱉어버렸다. 무책임하게도.

"내가 뽑아줘?"

이미 흘린 눈물과 엎지른 물과 내뱉은 말은 돌이킬 수 없다. 이제는 《원피스》 피규어를 뽑아야만 한다. 그런데 불행하게도 내 본질의 칠십 프로는 주어진 운명이라 바꿀 수는 없다. 이미 결정된 바닷물을 민물로 바꿀 수는 없다는 뜻이다. 그래서 칠십 프로는 포기하고 나머지 삼십 프로 안에서 죽어라 발버둥 쳐야 한다. 남들보다 세 배는 더 노력을 해야 겨우 남들과 진도를 맞출 수 있다(주인님에 관해선 예외로 하자. 갖고 싶지 않은 건물에 대해서도). 게다가 인형 뽑기는 처음이라 얼마나 실패를 해야 성공할지 확신할 수 없다. 얼마나 많은 돈을 날려야 인형 하나를 뽑게 될지.

그런데 이변이 일어났다. 석이가 고개를 절레절레 저어 버린 것이다. 그 의미는 안 뽑아줘도 된다는 뜻? 이렇게 고마울 데가.

나는 시계를 보았다. 열 시 이십 분. 아직 늦지 않았다. 석이를 집에 데려다주고도 버스를 타고 치킨집에 갈 수 있다. 가서 예정대로 삼천 원을 돌려주면 된다.

"내가 뽑을래요."

석이가 비켜서며 내게 자리를 양보했다. 나더러 빨리 돈을 넣으라는 소리였다. 석이가 고개를 저은 건 내가 인형을 뽑아주지 않아도 된다는 게 아니라 자기가 직접 뽑겠다는 뜻이었다. 나는 지갑을 열었다. 석이가 내 지갑에 고개를 들이밀었다.

"얼마 있어요?"

이 녀석이, 이게 어떤 돈인데 감히 이 돈을 넘봐?

"네가 알아서 뭐 하게!"

"그래야 몇 번 할 수 있는지 계산을 하죠."

"삼천 원 있다, 됐니? 한 번에 못 뽑기만 해봐."

순간 두 번째로 번쩍! 하며 섬광이 머리 위를 스쳐 지나 갔다. 삼천 원을 반드시 치킨집에 돌려줘야 한다는 건 진 부한 발상이다. 이 돈을 더 필요로 하는 다른 사람에게 돌 려주면 된다. 즉 석이한테. 왜 진작 이 생각을 못했지? 돈은 돌고 돈다는 말이 틀린 말은 아니다. 좀 전에 인형 뽑기 가 게를 지날 때 대낮 같은 밝기로 나를 유혹한 불빛은 석이에 게 삼천 원을 돌려주라고 신이 내게 보낸 신호가 아닐까? 《원피스》피규어가 얼마나 갖고 싶었으면 돈도 안 넣고 인 형이 나오길 바라며 서 있었을까.

한편으로는 석이 엄마를 생각하면 석이가 얄미운 마음이 안 드는 건 아니었다. 그러나 석이는 석이일 뿐 석이 엄마 가 아니다. 나는 속으로 되뇌었다. 얄미운 건 석이 엄마지 석이가 아니다.

나는 다시 마음을 가다듬고 물었다.

"너 인형 뽑기 해봤어? 잘할 수 있냐고."

"아뇨. 할 수는 있어요. 애들이 하는 거 많이 봤어요."

"그럼 해봐. 첫 판에 뽑아야 한다?"

나는 의욕에 차서 천 원을 넣었다. 그러나 막상 실전에 들어가자 석이가 갑자기 주춤거렸다. 나는 석이에게 재촉했다.

"뭐 해? 빨리 안 하고."

본전 생각이 난 나머지 나는 석이를 밀치고 손잡이를 잡았다. 그리고 인형을 잡은 집게를 힘주어 올렸다. 집게에서 인형이 힘없이 툭, 떨어졌다.

"에이 씨, 아줌마 때문에 천 원 날아갔잖아요."

아줌마? 나는 35 혹은 53이라 아줌마라 불릴 법도 하지만 아직 미혼이니….

"야! 누나라고 불러!"

석이가 원망조로 말했다.

"천 원이면 스크류바가 두 갠데…."

"네가 빨리 안 하니까 할 수 없이 내가 나선 거잖아."

"누나가 못 뽑은 거잖아요."

좌절은 이르다. 겨우 한 번 실패했을 뿐. 아직 우리에게는 두 번의 기회가 남아 있다.

"이번엔 잘할 수 있지?"

석이가 심호흡을 했다. 나는 다시 천 원을 넣었다. 그러나 인형은 잡아보지도 못하고 근처에서 집게만 허우적거리다 시간만 잡아먹었다. 이번에도 실패였다.

석이가 입을 삐죽이며 말했다.

"이천 원이면 스크류바 두 개에 빠삐코 한 개 사 먹고도 이백 원 남는데…."

엄마가 마트 계산원이라 그런지 아들도 셈은 빠르네.

"너 글씨 못 읽니? 계산은 그렇게 잘하는 애가."

순간 비밀을 들킨 듯 석이가 움찔하면서 얼굴을 붉혔다.

"누가 그래요?"

애들은 거짓말을 못한다. 얼굴이 빨개지거나 코가 길어지니까.

"저기 설명서에 방법이 다 나와 있잖아."

"나 여섯 살이에요. 여섯 살한테 뭘 바래…."

"요즘은 한글 다 떼고 학교 들어가. 그래 갖고 그 험한 초딩 생활을 어떻게 하려고 그러니?"

석이가 우울한 표정을 지었다. 내 말을 이해했다는 뜻이다.

"설명서를 읽고 사용법을 익힌 다음 돈을 넣어야지. 사용법도 모르면서 돈 넣는 걸 그냥 보고 있으면 어떡해?"

나는 석이에게 유리상자에 붙어 있는 설명서를 읽어주었다.

"집게가 상승 후 복귀할 때 버튼을 연속 두 번 누르면 그 위치에서 다음 게임을 시작할 수 있습니다."

"복귀가 무슨 말이에요?"

"되돌아온다는 뜻. 그러니까 집게가 올라갔다가 제자리로 돌아온다는 뜻이야."

석이는 옆 유리상자에 붙어 있는 설명서를 가리켰다.

"저건요?"

나는 옆 유리상자에 붙은 설명서도 읽어주었다.

"버튼을 연속 두 번 누르면 출구까지 가지 않고 그 자리에 멈춰서 시작이 됩니다. 잘 활용하셔서 득템하세요. 옆에 설명서랑 같은 말이야."

"득템이 뭔데요?"

"왕거니를 잡으란, 아니 아이템을 획득하란 뜻."

"아이템은 뭐고 획득은 뭔데요?"

드디어 화가 솟구쳤다. 그냥 치킨집에 가서 삼천 원을 돌려주는 게 나을 뻔했다는 생각이 들었다.

"아이, 그냥 해! 집게 올라가면 그냥 버튼을 연속해서 두 번 탁탁! 누르라고. 알았어?"

"에이, 괜히 짜증이야!"

석이가 소리를 질렀다. 그 소리는 마치 나를 향해 참고 있던 송곳처럼 날카롭게 들렸다. 석이는 다시금 호흡을 가다듬고 설명서의 설명대로 인형을 잡은 집게를 힘주어 올렸다. 우리는 동시에 환호성을 질렀다. 그러자 첫 판처럼 집게에서 인형이 힘없이 툭, 떨어졌다.

　나는 석이 대신 세상을 탓했다. 에잇, 설명서대로 해도 안 되는 치사한 세상.

나와 송곳

....

  주인님의 카페 A에서 반상회가 열려 건물 식구들이 모였다. 카페 A에는 손으로 직접 수놓은 컵받침이 있었고, 테이블마다 역시 직접 수놓은 테이블보들이 깔려 있어 인테리어와 핸드메이드 소품들에 꽤 정성을 들였다는 인상을 주었다. 어딘지 주인님 인상과는 어울리지 않았지만 사연이 있어 보이긴 했다. 참고로 주인님의 인상을 냄새로 표현하라면 장마철에 축축해진 장판지 냄새 같다고 할까. 어떨 때는 드라이로 얼굴을 말려주고 싶어진다.

  반상회 참석자는—건물 아래층부터 순서대로 나열하자면—반지남, 맞벌이 부부와 석이, 신혼부부, 주인님, 나. 그러므로 건물에 사는 식구가 전원 참석했다. 아로와나도 건물 식구이긴 하지만 아직 떳떳하게 존재를 밝힐 단계가 아니었다. 양심에 꺼려지긴 해도 조만간 전기세를 올려줄 경제적 능력을 갖춰서 주인님에게 고백하고 한꺼번에 전기세를 치를 계획이었다. 주인님이 원하면 이자까지 쳐서 줄 생각이었다.

반상회 안건은 공용 건조기 설치 확정 건이었다. 주인님은 전기요금을 아끼는 차원에서 서로 협조하여 빨래하는 시간을 맞추어 동시에 건조하라고 했다. 그럼 공용 관리비가 줄어들 거라고. 생각해서 해주는 말이니 싫으면 알아서들 하라고. 건조기는 신혼부부가 염가로 제공해주었다고 했다.

공용 건조기를 설치하기 전, 주인님은 신혼부부에게 건조기를 팔라고 했다. 신부는 처음엔 건조기를 모시고 사는 한이 있더라도 혼수를 팔 수는 없다고 딱 잘라 말했다. 그런데 세탁실 공간이 좁아 건조기를 방에 모셔둔 처지이므로 다음에 큰 집으로 이사 가면 더 좋은 건조기를 들여놓기로 하고 내놓았다고.

반지남이 대뜸 나더러 언제 빨래할 거냐고 물었다. 부부는 부부끼리―맞벌이 부부는 신혼부부랑―독신은 독신끼리 빨래하는 시간을 맞추는 게 어떠냐고.

아니, 계산이 어떻게 그렇게 되지? 부부팀이 식구가 더 많은데 당연히 빨래 양이 더 많지 않나? 그러다 속옷이라도 섞이면 어쩌려고?

머릿속으로 시나리오의 한 장면이 그려졌다. 내가 건조된 브래지어를 꺼낼 때 반지남은 사각팬티를 꺼내고, 내가 끈팬티를 꺼낼 때(사실 끈팬티는 없지만 시나리오의 한 장면이니까) 반지남은 러닝셔츠를 꺼낸다….

으으. 싫으니 알아서 하겠습니다.

반상회가 끝나자 석이 엄마가 내게 다가왔다.

"석이랑 인형 뽑기 했다면서요?"

아니, 나한테 또 무슨 송곳을 들이대려고 이러시나?

"인형 뽑기 못했는데요."

나는 죄인처럼 고개를 숙였다.

"인형을 뽑으려고 돈을 넣었으면 뽑아야지, 돈 아깝게…."

나는 속으로 맞장구를 쳤다. 맞습니다. 그게 어떤 돈인데, 실패를 만회할 기회를 날린 거죠.

겉으로도 맞장구를 쳤다.

"그러게요."

"고마워요, 석이랑 놀아줘서."

앗, 어른이 애하고 고작 인형 뽑기나 한다고 혼날 줄 알았는데.

석이 아빠가 잠든 석이를 안고 카페를 나섰다. 아빠 품이 따뜻해 보였다.

그렇다. 인형을 뽑기로 했으면 뽑아야 하고, 거스름돈 삼천 원은 돌려주어야 한다. 시나리오를 썼으면 팔아야 하고, 소송을 걸었으면 이겨야 한다.

나는 소송과 시나리오 작업을 병행해나가면서 도서관에서 꾸준히 '길 위의 인문학' 강좌를 들었다. 영화사는 나의 소장 내용을 전면 부인하면서 소송에 대응했고, 시나리오 속 나혜석은 자궁병을 앓으면서 〈천후궁〉을 그려나갔다. 이제 강좌는 '지평선 너머의 무언가를 꿈꾸던'《제인 에어》를 넘어서 '불가능하고도 완전한 사랑'을 꿈꾸는《폭풍의 언덕》위를 달리고 있었다. 이곳에서도 내 자리는 맨 구석 자리였다.

강의를 맡은 강사는 웃을 대목에서도 웃고, 웃지 않아도 될 대목에서도 웃었다. 웃겨서 웃거나, 안 웃긴데도 웃거나 둘 중 하나였을 것이다. 아니면 수강생들을 상대하는 전략인가?

수업을 듣는 동안 강사에 대한 개인적 의문이 두 가지 생겼다. 첫 번째 의문은 강사는 왜 코 수술을 했을까? 이고, 두 번째 의문은 왜 코 수술만 하고 쌍꺼풀 수술은 하지 않왔을까? 이다.

높은 콧날에 지나치게 가느다란 눈도 외모를 가꾸는 하나의 전략일 수 있겠지만 조화의 측면에서는 성형수술이 어울리는 선택은 아닌 것 같았다. 하지만 이건 어디까지나 수업 내용과는 상관없는 개인적 궁금증인 탓에 묻진 않겠다고 마음속으로 결정을 내렸다.

토론에 임하는 수강생들은 대부분 주머니 속의 송곳 같았다. 주머니 속의 송곳들은 첫 시간부터 여기저기서 튀어나왔다. 송곳들과의 토론은 수업이 끝나는 시간까지 쉬지 않고 이어졌다. 강좌 제목이 '길 위의 인문학'이라서 그런지 수강생들과 끝도 없는 길을 함께 걸어야 할 것 같았고, 읽어야 할 것 같았고, 토론해야 할 것 같았다.

《제인 에어》토론 시간에는 현재까지 네 번 독파했다는 사십 대의 열혈 송곳이 나왔고,《폭풍의 언덕》을 토론할 때는 히스클리프와 캐서린의 사랑에 공감할 수 없다며 차라리《메디슨 카운티의 다리》를 논하는 게 낫지 않느냐는 색다른 의견을 낸 송곳이 있었다. 그러나 히스클리프와 캐서린의 광적인 사랑에 폭풍 공감하는 나로서는《폭풍의 언덕》이야말로 사랑에 관한 가장 뜨거운 소설이라 생각한다는 의견으로 팽팽히 맞섰다.

이렇게 송곳들은 대부분 하나같이 날카롭고 치열했으며 진지했다. 그중 가장 많이 튀어나온 송곳은 나였음을 밝혀 두고 싶다.

무수한 시도들의 좌절로 인해 구석 자리에 웅크리고 앉은 송곳. 수많은 실패를 감추고 있는 송곳. 언제든 튀어나와 급소를 찌를 만반의 준비를 하고 있는 송곳 말이다.

나와 반지남

~~~~~~

　반지하로 내려가는 계단 초입에 토사물이 떠억 버티고 누워 나를 기다리고 있었다. 어서 치워달라고. 술안주로 무얼 먹었는지 빤히 알 만한 토사물은 차마 일일이 열거하기 힘들 정도로 종류가 다양했다. 내 이놈의 반지남을 그냥.

　서른이라고 하는 말은 삼십 대에 접어들었단 뜻이다. 더이상 이십 대가 아니라는 뜻이고 어느 정도 자기 삶에 책임을 져야 할 나이에 접어들었단 뜻이기도 하다. 내가 왜 이런 당연한 말을 하고 있냐면, 나는 당연한 걸 당연하게 생각하는 사람이기도 하고 내 주변에 당연하지 않은 일을 저지르는 인간들이 많아서다. 내가 싼 똥은 내가 치운다. 남이 싼 똥은 남이 치우게 한다. 이런 게 바로 당연한 일이다.

　나는 반지하로 뛰어내려가 벨을 눌렀다. 그리고 당장 토사물을 치우라고 했다. 내가 아무리 계단 청소를 맡고 있기는 해도 남의 토사물까지 치우는 일은 못하겠다고.

반지남은 잠이 덜 깬 듯 하품을 하면서 느릿느릿 나왔다. 졸리기도 하시겠지. 토할 때까지 밤새도록 술을 퍼마셨으니. 저러니 몇 년째 공무원 시험에서 떨어지지.

반지남은 걸레를 들고 묵묵히 토사물을 치웠다. 청소하는 내내 내게 구토를 해서 미안하다는 말은 한마디도 없었다. 사과를 원한 건 아니었지만 그렇다고 한마디도 안 하다니.

청소가 끝나자 반지남이 입을 열었다.

"저 그런데 내가 이걸 왜 치워야 돼요?"

"그걸 몰라서 물어? 네가 토해놨잖아."

"아닌데요. 저 술 못 마셔요. 방에서 밤새 공부했는데…."

이…럴…수가.

"그런데 왜 청소를 해?"

"누나가 나더러 하라면서요?"

나는 똥 싼 자가 화내듯 반지남에게 화를 냈다.

"하란다고 해? 누가 너더러 양잿물 마시라고 하면 그냥 마실래?"

"마시라는 상대가 누구냐에 달렸겠죠. 사랑하는 사람이 양잿물 마시고 같이 죽자고 하면 마실 거 같아요. 요즘 같아서는…."

반지남이 말끝을 흐렸다. 정말이지 점점 할 말 없게 만드네.

"그런데… 정말 네가 토한 거 아니야?"

반지남은 이제야 완전히 잠에서 깨어 표정이 살아났다. 누명을 쓴 억울한 표정에서 누명을 벗은 당당한 표정으로.

"내가 담배를 피우고 옥상에 꽁초를 버렸으니 술도 내가 마셨겠죠. 반지하 계단 입구에 토사물이 있으니 토한 것도 나겠죠. 그건 너무 안일한 추리 아닌가요? 과거 범죄 경력이 있으니 내가 범인이다? 범죄 현장과 가까운 곳에 있으니 내가 범인이다? 누나는 추리물은 못 쓰겠네요."

으으, 괜찮아. 계속 갈궈도 이해해. 그나저나 미안해서 이를 어쩐다?

반지남을 제외한 모든 건물 식구들이 토사물 사건의 수사대상에 올랐다. 현재로는 석이 아빠와 신혼의 신랑, 주인님이 용의선상에 있지만 석이 엄마도 신혼의 신부도 용의자로 배제할 수는 없었다.

카페에 있는 주인님에게 가서 상황을 설명하고 어젯밤에서 새벽 사이 귀가한 식구가 누군지 CCTV를 확인해달라고 요청했다. 주인님은 알았다고 하면서 차일피일 미뤘다. 나는 반지남에게 미안해서라도 범인을 알아내야 했다. 이 일을 그냥 넘긴다면 다음에도 범인은 계단에 오바이트를 하고 나서 치우지도 않고 어물쩍 넘어갈 것 아닌가. 범행 재발 방지를 위해 범인 잡기에 주력해서 내 반드시 진범을 잡으리라. 그리고 추리물에 도전해서 성공하고야 말리라. 그리하여 써보기도 전에 추리작가 명단에서 제외돼버린 이 낙인을 지워버리고 말리라.

나는 다시 주인님에게 달려가 CCTV를 확인해달라고 재촉했다. 주인님은 정말이지 무책임하면서도 충격적인 말을 했다. 확인을 해봤는데 누군지 알았으니 그냥 넘어가자는 것이다. 이 말은 자기가 범인이라는 뜻이었다. 야비한 인간 같으니. 남의 계단에, 아니 자기 계단에 오바이트해놓고 입을 싹 씻어? 이러려고 나에게 계단 청소를 맡긴 건가?

나는 그냥 넘어갈 수는 없다고 버텼다. 반상회를 소집해서 건물 식구들이 전부 보는 가운데 CCTV를 공개하라고. 자수해서 발 뻗고 자라고. 주인님은 내가 피곤한 성격인 줄은 알고 있었는데 이 정도인 줄은 몰랐다며 인간은 역시 겪어보기 전에는 알 수 없는 존재라며 혀를 찼다. 말을 자꾸 딴 데로 돌리지 말고 본론에 충실하라고 하자 주인님은 곤란한 표정을 지으면서 범인을 굳이 두 눈으로 확인해야겠다면 CCTV를 보여주긴 하겠는데 건물 식구들 앞에서는 공개하지 말자고 했다. 치사한 인간. 쪽팔리긴 한가 보지?

주인님의 간곡한 요청에 한발 양보할 수밖에 없었다. 즉 비공개로 나만 보기로. 주인님은 드디어 내가 요청한 시간 대의 CCTV를 틀어주었다. 그런데 범인은 예상과는 달리 용의선상에 있는 남자들이 아니라 여자였다. 석이 엄마도 신혼의 신부도 아니었다. 그럼 누가 남을까요? 범인은 바로… 두구두구두구… 뜸 들일 거 뭐 있어. 나밖에 더 있나.

날마다 지속되는 불면의 밤을 견디다 못해 엊그제 뛰쳐 나가 포장마차에서 청한 소주가 화근이었다. 빈속에 먹으 면 속 쓰리다며 포장마차 사장님이 주신 안주를 순순히 받 아먹은 게 또 다른 화근이었다. 나의 구토 장면을 이 자리 에서 자세히 묘사하고 싶지만 이 순간만큼은 나의 표현력 에 한계를 느껴 포기하겠다.

나는 이제 나 자신을 범인으로 하는 내용의 추리물을 써 야 한다. 자신이 토한 사실을 기억조차 못하고 다른 사람을 의심하며 엉뚱한 데 가서 범인을 찾는 추리물을.

반지남 군, 의심해서 미안합니다.

당장 마음의 빚 청산 작전에 나서기로 했다. 나는 반지남 에게 저녁을 사주겠다고 했다. 한 달 동안 계단 청소해서 번 돈 오 만원을 다 쏟아붓는 한이 있더라도, 반지남을 위해서 이 일을 그냥 넘길 순 없었다. 사랑하는 사람이 권하면 양잿물도 마시겠다는 순정파가 아닌가.

반지남은 순순히 따라나섰다. 그러면서 오늘 저녁의 성격을 소개팅에 나온 남녀 콘셉트로 정하면 어떻겠냐고 제안했다. 피차 딴 데 가서 데이트할 시간도 없고, 상대도 없으니 건물에 처박혀 공부만 하다가 건물 안 개구리 되기 전에 나가서 신선한 바람이라도 쐬자는 거였다. 나는 흔쾌히 동의하며 반지남과 바로 옆 상가 건물로 들어섰다. 주인님의 카페 A를 지나칠 때는 어차피 카페 가서 돈 쓸 거면 여기서 쓰는 게 낫지 않을까 하는, 나름 의리 있는 생각을 안한 건 아니었다. 하지만 오늘의 콘셉트는 건물 안 개구리를 벗어나자는 것이었으므로 그냥 지나갔다. 그런데 우리가 들어선 곳은 고작 옆 상가 건물 카페였다.

'인간은 변하지 않는다'란 주제를 실험하는 데 있어 굳이 서서 알바생을 상대로 계속해야 할까? 건물 안 개구리로서의 나, 해수란 인간도 변하지 않는데.

우리는 아포카토와 캐러멜마키아토를 각자 시켜놓고 소개팅에 나온 남녀처럼 자기소개를 했다. 또 소개팅에 나온 남녀답게 좋아하는 영화와 싫어하는 책과 좋아하는 작가와 싫어하는 속담을 하나씩 댔다. 솔직히 소개팅을 해본 지가 하도 오래돼서 이런 행동들이 소개팅에 나온 남녀 콘셉트인지에 대한 확신은 없었다. 그래도 우리는 마지막까지 가장 좋아하는 단어를 서로에게 말해주면서 유종의 미를 거두었다.

내가 가장 좋아하는 단어는(두 개나 된다) '아직은'과 '아마도'이다. 목에 힘주지 않는 단어 같다고 해야 할까? 잘난 척하지 않는 소박하고 겸손한 느낌이 든다고 해야 할까? 나는 이 단어들을 발음할 때마다 어떤 가능성이 느껴져서 좋다. 게다가 먼 훗날이 아니라 가까운 미래를 뜻하는 단어라 얼마나 좋은지.

아직은 버스를 타지 않았다. → 곧 타게 될 거라는 뜻.

아직은 미완성이다. → 곧 완성할 거라는 뜻.

아직은 좌절 중이다. → 곧 좌절을 딛고 일어설 거라는 뜻. 다른 말로 희망의 길이 열릴 거라는 뜻.

아마도 그가 좋아질 것 같다. → 곧 키스할 거라는 뜻.

유감스럽게도 반지남은 가장 좋아하는 단어가 '아직은'이 없다고 답했다. 그 말은 곧 생길 거라는 뜻?

내친김에 영화에 자주 나오는 대사 중 개인적으로 가장

싫어하는 대사를 꼽아보겠다. 바로 "뭐 하나 물어봐도 돼요?"이다. 안 된다 그러면 안 물어볼 건가? 어차피 물어볼 걸 물어봐도 되냐고 뭐 하러 묻나? 이런 대답을 꼭 들어야겠나?

"그래, 돼! 되니까 실컷 물어봐!"

우리는 2차를 가기로 하고 카운터로 갔다. 내가 내려 했는데(흥이 오르면 2차도 내가, 안 올라도 당연히 내가) 반지남이 가로막았다. 소개팅에 나가 여자한테 계산하게 하는 남자는 진상이라며 자기가 다 내는 게 싫으면 더치페이라도 하자고 주장하는 바람에 하는 수 없이 혼자 다 내라고 했다. 대신 반지남에게 2차는 반드시 내가 계산하겠다는 약속을 받아냈다.

이사 온 뒤 가장 하고 싶었던 게 뭐였냐는 나의 질문에 반지남은 삼겹살을 구워 먹는 거라고 답했다. 하지만 참았다고. 당연히 환기 문제 때문이었을 것이다. 그래서 2차로 무한리필 고깃집에 갔다. 반지남과 나는 주인의 눈치를 봐가며 네 판까지 리필을 해 삼겹살을 구워 먹으면서 "우리 언제 옥상에서 삼겹살 구워 먹자"라고 말했다. 반지남은 입에다 연신 삼겹살을 집어넣으며 고개를 끄덕였다.

고깃집에서 우리는 더 이상 소개팅에 나온 남녀가 아니

었다. 결국 화제는 다시 반지하와 옥탑방으로 돌아갔고 반지남은 곰팡이와 습기에 대해서, 나는 이번 여름의 개고생에 대해서 성토했다. 이사 와서 물먹는 하마와 친해졌다는 반지남의 말에, "자기애가 참 강한 편이네"라고 말해주기도 했다. 반지남의 덩치가 하마만 하기 때문이었다.

우리의 대화는 자연스레 우리 잘못이 아니라는 신세한탄으로 흘러갔다. 반지남은 자신이 무슨 영화를 보겠다고 몇 년째 이 고생인지 모르겠다는 푸념을, 나는 내 영화를 극장에서 보기 위해 십 년째 이 고생이라는 한탄을 늘어놓았다.

네 판 도전도 거의 끝나갈 무렵 반지남이 내게 질문을 던졌다.

"뭐 하나 물어봐도 돼요?"

"안 돼!"

나의 단호한 반응에 당황한 듯 반지남의 얼굴이 붉어졌다.

그러게 누가 현실에서 영화 대사를 뱉으래. 그것도 내가 싫어하는 대사를.

"농담이야. 돼. 되니까 실컷 물어봐."

"누가 누나한테 백만 원을 준다 하면 이거 먹을 수 있어요?"

반지남이 철판 밑의 삼겹살 기름받이용 그릇을 가리키며 물었다. 취중이었음에도 불구하고 꽤 날카로운 질문이라고 생각했다.

나는 허옇게 굳어버린 기름덩어리를 바라보며 흔쾌히 답했다.

"당연하지."

"십만 원 준다 그러면?"

아직은 흔쾌히.

"먹을래."

"삼만 원 준다 그러면요?"

"음, 생각 좀 해보고."

나는 잠시 후 답했다.

"먹을래."

반지남은 나를 향해 애처로운 표정 반, 이해간다는 표정 반을 지으며 고개를 끄덕였다.

나는 반지남에게 되물었다.

"너는 삼만 원 주면 먹을 거야?"

반지남은 일 초도 생각하지 않고 즉시 답했다.

"당연하죠."

우리는 하이파이브를 하며 동시에 웃었다. 웃어도 웃는 게 아니었다. 이렇게 답할 수밖에 없는 우리의 처지를 깨닫게 된 순간이었으니까.

식당을 나오면서 우리는 어깨동무를 했고, 군가도 함께 불렀으며(그가 부르는 걸 따라 불렀으며), 심지어 그가 옛날 생각 난다며 담벼락에 대고 쉬를 할 때는 망을 봐주기도 했다.

반지남이 뭐 하나 물, 하지 않고 그냥 물었다.

"누나, 요즘은 무슨 시나리오 써요?"

나는 쉿, 하며 손가락을 입술에 갖다 댔다.

"무슨 시나리오 쓰냐니까!"

"조용히 싸라니까! 쉬잇!"

그제야 반지남은 입을 다물고는 조용히 볼일을 마쳤다.

이 대목이 하이라이트인데, 우리는 CCTV가 지켜보는 가운데 키스를 하고야 말았다. 그것도 우리가 사는 다가구주택 건물 앞 CCTV 아래서.

나는 영화 〈질투는 나의 힘〉에 나오는 배종옥처럼 혀가 꼬부라져서 소리쳤다.

"이게 다 술 때문이야, 술!"

반지남은 내게 집까지 데려다주겠다고 했지만 나는 극구 사양했다. 이유는 차고도 넘쳤다. 같은 건물에 사는 처지에 반지남이 나를 집까지 데려다주는 게 별 의미가 없는 데다, 암놈인지 수놈인지 아직도 모르겠는 동거 식구가 날 기다리고 있고, 내 방에 외간 남자는 들어올 수 없다는 규칙도 있고, 첫인사 때 서로가 각자의 방에는 초대하지 않기로 했기 때문이었다.

반지남이 헤어지면서 내게 물었다.

"세상에서 제일 무서운 꿈이 뭔지 알아요?"

뭔지 몰라서 물어? 방금 우리가 키스한 꿈. 그것은 꿈이었을 거야. 진심 꿈이었길 바라.

나는 속내를 숨기며 남자에 대해 제법 아는 체를 했다.

"군대 갔다 왔는데 또다시 군대 가는 꿈?"

반지남이 고개를 저었다.

"시험에 합격했는데 깨어보니 꿈이었던 꿈."

나는 백 퍼센트 공감한다는 표정으로 고개를 끄덕였다. 반지남이 겸연쩍은 미소를 지으며 말했다.

"잘 자요. 방금 일은 잊어버리고."

방금 일이란 건 분명 우리가 키스한 걸 말하는 거겠지? 오호, 쾌재라.

반지남이 손을 흔들며 지하로 사라졌다.

나는 시나리오를 쓸 때 사랑스런 인물과 사랑하고 싶은 인물밖에는 그리지 못한다. 내가 그린 모든 사랑스런 인물들. 언젠간 그런 인물들만 한데 모아놓은 시나리오를 영화

로 보고 싶다. 반지남! 그중엔 '아마도' 네가 포함되어 있을
거야.

　그날 밤 꿈에 옛날 애인 C가 나왔다. 논리도 맥락도 없이.

나와 옛날 애인

영화산업노조 사무국장과 약속을 하고 나가는 길이었다. 노조에 부탁을 하면 영화인 단체의 연대탄원서를 보다 용이하게 받을 수 있으리란 생각에서 혹시나 하고 전화를 했다. 전화를 받은 사무국장은 《씨네24》에서 내 기사를 읽었는데 안 그래도 연락하려 했다면서 반가워했다. 그러면서 소송에서 이기길 바란다며 당장 찾아오라고 말했다. 역시나.

현관 입구로 내려오자 석이가 나를 기다리고 있었다는 듯 가로막았다. 두 팔을 일자로 벌린 폼이 꼭 안아달라는 것 같았지만 나는 단호히 말했다.

"비켜."

"싫어요."

"나 나가봐야 돼."

"누나, 반지남 형이랑 사귀죠?"

저절로 목소리가 커졌다.

"뭐?! 누가 그래?!"

"카페 아저씨가 그러던데요."

내 이놈의 주인놈을….

석이가 내 앞에서 나발을 불었다.

"키스했대요오, 키스했대요오."

가만두나 봐라….

나는 석이의 입을 틀어막았다.

"너 이럴래? 사귀는 거 아니라니깐!"

"근데 키스해요?"

"너 자꾸 이러면 어디 가서 한글 모르는 거 다 소문낸
다?"

"에이, 씨."

"뭐? A, C? 조그만 녀석이 입에 아주 잉글리시를 달고 사
네. 한글 모른다고 티 내는 거야? 혼 좀 나볼래? 저리 비켜!"

"아앙!"

나는 다시 석이의 입을 틀어막았다. 사탕으로. 그나저나
CCTV를 확보해서 하루라도 빨리 증거를 인멸해야 할 텐
데. 어떻게 하지?

영화산업노조 사무국장은 내게 힘든 싸움을 시작했다며

격려해주었다. 그러고는 사이드에서 최대한 지원해주기로 약속했다. 후배 작가들을 위해서라도 반드시 이겨 선례를 남겨야 한다고. 내가 탄원서를 부탁하자 작가조합과 작가협회를 비롯해 피디조합, 감독조합 등 영화인 단체들의 연대탄원서를 차례로 받아보겠다고 했다. 혼자서 발로 뛰는 것보다 훨씬 시간이 절약될 거라면서.

든든한 지원군이 생기자 나는 벌써부터 소송에 이긴 것 같은 느낌이 들었다. 앞으로 긴 싸움이 될 수 있으니 밥을 든든하게 먹고 다니라는 말에는 어깨가 절로 무거워졌지만.

돌아오는 길에 저작권 관련 책과 나 홀로 소송에 관한 책을 사려고 시내 서점에 들렀다. 법원에 소장은 제출한 상태였지만 싸움은 이제부터 시작이었다.

일 층에 들어서자 아동서적 코너에《기적의 한글학습법》책이 꽂혀 있는 것이 눈에 띄었다. 석이가 생각나서 한 권집어 들려는 순간, 누군가 뒤에서 어깨를 툭 쳤다.

"안녕? 뭐 봐?"

돌아보니 C였다. 옛날 애인 C가 나를 향해 반쯤 미소를 짓고 있었다(우리가 활짝 웃는 관계였다면 왜 헤어졌겠나). 그 미소에조차 황송해진 탓인가? 몇 년 만에 C를 다시 보자 가슴이 뛰었다. 처음 삼 초 동안은 말이다. 그러고는 그와의 추억을 더듬다가 너무나 빈번했던 싸움 신(scene)들이 연이어 떠오르자 금세 지겨워졌다.

나는 슬그머니 《기적의 한글학습법》 책을 내려놓았다. 이 책을 집어 든 사연에 대해 구구절절 설명을 늘어놓고 싶지 않아서였다. C가 내 아이에게 한글을 가르쳐주려고 하는 거냐고 물으면 아이는 없다고 답해야 하고, 결혼도 안 했다고 덧붙여야 하며, 조카에게 한글을 가르쳐주려 한다고 답하면 극성 이모 같다고 할 테고, 게다가 내가 외동인 걸 뻔히 알고 있는데 조카란 존재는 거짓말이 될 테고, 같은 건물에 사는 꼬마에게 가르쳐주려고 한다고 말하는 게 맞는데, 그럼 내가 옥탑방에 산다는 걸 알리는 게 될 테고, 우리 집도 아닌데 우리 집에 놀러 와, 할 수도 없고, 놀러 오겠다고 해도 내 방에 외간 남자는 들어올 수 없다는 옥탑방 입주 시의 굳은 결심으로 인해 말려야 할 판이므로 그냥 슬그머니 책을 내려놓은 것이다.

C는 그동안에 많은 것이 되어 있었다. 시인이 되어 있었고, 유부남이 되어 있었고, 아빠가 되어 있었고, 배가 나와 있었다. 그러므로 나는 "안녕? 뭐 봐?"라는 그의 질문에 답하는 대신 "왜 남자는 나이가 들면 배가 나오는 거야?" 하고 물었다. C는 웃으면서 술 때문이라고 했다. 술 마실 때

안주를 많이 집어 먹기 때문이라고.

나는 "요즘도 술 많이 마셔?" 하고 물었다. C는 그렇다고 했다. 우리는 술집으로 향했다. 사실 내 질문의 뜻은 "요즘도 술 많이 얻어 마셔?"였다. 현이 말이 맞긴 맞구나. 밖에 나오니 유부남이라도 만나지네.

배가 나왔음에도 불구하고 C의 걸음은 여전히 빨랐다. C가 예전처럼 혼자서 너무 빨리 걷는 바람에 그냥 돌아갈까 하는 마음이 슬슬 들기 시작했다. C와 간격이 점점 벌어지자 나는 속으로 이때다! 하고 외쳤다. 돌아가자. 지금 가지 않으면 다음 기회는 없어.

순간, C가 내 마음의 외침 소리를 들었는지 뒤를 돌아보며 손짓했다.

"그 집은 초저녁에 가지 않으면 자리가 없거든."

결국 나는 잰걸음으로 뛰다시피 C에게 다가가 진도를 맞췄다.

나라면 초저녁에는 찾아가고 싶지 않은 어둑한 분위기의 술집에서 C는 내게 자신의 시집을 내밀었다. 제목이 《순교를 위하여》란 시집이었는데 나더러 읽어보라고 했다. 나는 시집을 받아들며 잘 읽겠다고 했다. C는 고개를 저으며 지금 당장 소리 내서 읽어보라고 했다. 자기 앞에서 시 낭송을 해보라는 것이다. 여자 목소리로 자신의 시가 듣고 싶다고 했다. 자신의 시는 지극히 여성적이라 여자가 읽어야 제맛이 난다고. 언젠가 자기 와이프더러 읽어달랬더니 "치아뿌라, 마" 했다고.

한때는

시를 위해 순교하겠다던 C였다.

제정신일 때는 순교하겠다던 C는, 술만 먹으면 시를 써도 먹고살 수 있다는 걸 보여주겠다고 큰소리치던 C는, 시 때문에 굶고 있었다. 그러니까 시인이 된 걸 몰랐지. 안 팔리는 시인이니까. 처음부터 나더러 술값 있냐고 물었을 때 알아챘어야 했는데.

술집 손님들의 시선이 시 낭송을 하는 내게 집중됐다. 나는 원치 않는 배역을 맡은 배우처럼 불편하고 어색했다. C는 예전에도 이랬었다. 주로 내가 힘들어하는 일만 골라가며 시켰다. 나는 시집을 덮으며 말했다.

"넌 변한 게 하나도 없어. 맨날 나한테 뭘 시키기만 해. 와이프도 안 해준다는 걸 왜 나한테 시켜?"

나도 변한 건 없었다. 과거에도 C가 내 화를 돋우고, 내가 화를 내면, C가 사과하는 수순을 밟았다. C는 미안하다고 말했다. 거봐, 변한 게 없다니까.

술집을 나서면서 C가 물었다.

"그런데 〈치마의 모험〉에 왜 치마가 한 번도 안 나와?"

나는 좀 누그러져서 말했다.

"시인이잖아. 네가 찾아봐."

헤어지면서 C에게 물었다.

"왜 날 떠났어?"

이미 끝난 마당에 떠난 이유를 못 물을 것도 없었다.

"불안해서."

C가 나를 위아래로 보며 덧붙였다.

"넌 외롭고 가난한 고학생이었잖아. 너보다는 안정된 여자를 만나고 싶었어. 그런데 아직….."

내가 불안해 보인다고? 가난하고 외로워 보인다고? 네가 '아직'이란 말의 뜻을 알아? 그건 곧 지금의 상태에서 벗어난다는 말이야.

에이, C발.

나와 주인놈

‹‹‹‹‹‹‹‹‹‹‹‹‹‹‹‹‹‹‹

주인님이 아침부터 남는 밥을 들고 옥탑방에 올라왔다. 그러면서 오늘은 에어컨이 빵빵한 카페에 와서 하루 종일 작업하라고 했다. 단, 커피는 사서 마실 것.

카페 A는 아메리카노가 이천오백 원이라 비교적 저렴해서 마음이 흔들렸다. 게다가 창가가 보이는 맨 구석 자리, 콘센트를 꽂을 수 있는 자리를 온종일 이천오백 원에 차지하고 있을 수 있다면 손해는 아니지 않나. 주인님이 지켜줄 테니 노트북 잃어버릴 염려도 없고.

나는 컵라면을 끓여 먹고 국물에 남는 밥까지 말아 먹고 나서 노트북을 챙겨 카페로 내려갔다.

한데 주인님은 외출할 일이 있으니 손님이 오면 커피를 팔아달라고 했다. 기왕이면 카운터에 앉아 작업을 하라면서. 뭐? 나더러 와서 작업을 하라더니 일을 시켜? 그러면서 커피는 사 마시라고? 못된 주인놈 같으니.

나는 줄지에 주인놈에게 바리스타 수업을 들었다. 이 시간에 도서관으로 달려가면 분명 나의 경쟁자가 내 자리에 앉아 있을 게 뻔했다. 경쟁자는 오늘도 양복을 입고 인터넷으로 주식을 하며 변함없이 마우스를 딸깍거리고 있겠지. 나의 실험 대상, 서가 알바생은 여전히 슬리퍼를 찍찍 끌면서 서가 정리를 하고 있을 테고.

주인놈은 당장 현장 투입이 가능한 항목 위주로 교육을 시켰다. 커피머신에서 에스프레소와 아메리카노 내리는 방법과 스팀을 빼고 난 뒤 우유 거품을 내어 카페라테를 만드는 법을 가르쳐주고는 발걸음도 총총 나가버렸다.

주인놈의 뒷모습을 노려보고 나서 카운터 앞에 노트북 콘센트를 꽂고 앉았다. 그런데 카운터 위에 뮤지컬 〈치마의 모험〉 초대권이 보란 듯이 올려져 있었다. 아니, 초대권이 또 있었잖아. 홧김에 박박 찢어도 되는 거였네.

소송은 소송이고 작업은 작업… 같은 소리 하고 있네. 얼마 전부터 나는 소송 때문에 심하게 스트레스를 받아서 시나리오 작업에 집중하지 못하는 시간이 늘어가고 있었다. 재판일이 점점 다가오자 불면증도 더욱 심해지면서 매사에 신경이 곤두섰다. 세상에 두 번 다시 못할 짓이 소송 같았다. 소송하는 사람들은 죄다 강심장이 아닐까. 도대체 시

시각각 밀려오는 정신적 고통과 가슴을 옥죄는 압박감을 어떻게 다스리고 있는 거지?

온종일 카운터에 앉아 작업 대신 내가 손수 내린 에스프레소와 아메리카노, 내친김에 카페라테까지 마신 탓인지도 몰랐다. 커피는 대여섯 시간 동안 아메리카노 두 잔과 테이크아웃 커피 한 잔을 판 게 전부였다. 아메리카노는 손님 한 명이 두 잔 마신 거였다. 리필이 가능하냐고 물어서 안 된다고 하니까 메뉴판을 뚫어져라 보며 한참을 고민하다가 그냥 시켜 마셨다.

테이크아웃 커피는 도서관의 스타벅스 텀블러녀에게 팔았다. 텀블러를 가져오면 오백 원을 할인해주는 카페 A의 방침에 따라 이천 원만 받고 텀블러에 담아주려는데 바로 스타벅스 텀블러가 아닌가. 어쩐지 낯익은 인상이다 싶었는데 스타벅스 텀블러녀였던 것이다. 이제까지 스타벅스 커피를 마시는 줄 알았잖아. 그게 뭐 대수라고. 도서관에서 홀짝이기만 해봐.

커피 맛도 보고 빵빵한 에어컨 맛까지 보고 나자 이제 에어컨 없는 옥탑방에선 더 이상 제대로 된 삶을 지탱해나가기 힘들겠다는 생각이 들었다. 산소보다 더위를 더 많이 먹어서 그런지 최근 다시 비실거리는 아로와나 역시 나와 뜻을 같이할 거란 생각도 들었다.

아로와나의 적정 수온은 최대치가 삼십 도라는데 옥탑방에서는 수족관 온도가 삼십오 도까지 올라갔다. 때문에 인터넷까지 빵빵한 카페에서 나는 스마트폰으로 이 생각을 즉시 행동으로 옮겼다. 이 말은 내가 스마트폰으로 에어컨을 주문했단 뜻이고(이십사 개월 할부로) 내일이면 에어컨이 옥탑방으로 배달된다는 뜻이었다.

저물녘이 되자 주인놈이 카페로 들어섰다. 주인놈은 이제야 뮤지컬 〈치마의 모험〉을 보고 왔다면서 나더러 봤냐고 물었다. 표정이 밝아진 걸로 보아 최근에 생긴 애인이랑 보고 온 것 같았다. 아님 말고.

주인놈은 나더러 뮤지컬을 안 봤으면 최근에 생긴 애인이랑 보러 가라면서 초대권을 더 주겠다고 실실 쪼개가며 말했다. 에잇, 그놈의 CCTV.

나는 강하게 부인했다.

"저 애인 없어요! 없다고요!"

"없음 말고."

그러면서 주인님은 〈치마의 모험〉에 왜 치마가 안 나오느냐고 물었다. 아니, 왜들 이렇게 갑자기 〈치마의 모험〉에 관심이 몰리시나들?

나는 버럭 화를 냈다.

"그걸 나한테 물으면 어떻게 해요!"

"작가가 모르면 누가 알아? 괜히 화내고 그래."

나는 주인놈에게 손을 내밀었다.

"왜? 화해의 악수라도 하자고?"

"일당 주세요. 일당! 최저 시급은 쳐주셔야죠."

주인놈이 마지못한 듯 천천히 주머니에 손을 넣더니 지갑을 꺼냈다. 워낙 파리 날리는 카페라 쩜쩜하긴 하지만 그거야 주인 사정이고. 나더러 카페에 와서 작업하라고 꼬드겨 커피까지 팔게 해놓곤, 자기는 뮤지컬 보고 와서는 일당도 안 주려고 했나?

시급을 챙겨 노트북 전원 코드를 빼서 자리를 정리하고 옥탑방으로 올라가려는 찰나, 주인님이 나를 불러 세웠다.

"내가 글 쓰는 데 소재 하나 제공해줄까?"

사람들은 작가에게 늘 이런 식으로 말한다. 그냥 자기 이야기 좀 들어달라고 하면 될 텐데. 나는 오늘 분량의 작업을 어차피 채우지 못한 터라 될 대로 되라는 심정으로 그냥 자리에 앉았다. 나혜석은 내 노트북 안에서 이제 막 처녀 시절로 되돌아가 파리의 자유, 자유의 파리를 만끽하는 중이었다. 제인 에어처럼 '넓은 세상을 갈망'하느라, 곧 언덕

너머에서 불어올 세상의 '거친 폭풍'을 예견하지 못한 채.

현이는… 스페인에서 자유를 만끽하고 있겠지. 내가 아로와나와 씨름하는 동안.

주인님은 이 카페가 처음에는 뜨개방이었다고 했다. 십년 전, 가게 임대를 주려고 일 층을 부동산에 내놓았는데 어느 날 눈부신 미모(이건 주인님의 표현을 그대로 옮긴 거다. 나라면 이런 표현 안 쓴다. 눈이 부시면 잘 안 보일 텐데 어떻게 미모를 제대로 평가하나)의 여인 D가 나타나 뜨개방을 하고 싶다고 해서 그 즉시 세를 내주었다. 내심 그녀와 연애하고 싶다는 흑심을 품고서.

뜨개방은 동네 여인네들이 뜨개질을 배운다고 하나둘씩 모여들더니 오픈한 지 몇 개월 만에 발 디딜 틈도 없이 성업을 이루게 되었다. 여인 D의 역대급 미모에 홀려서인지, 수준급 뜨개질 솜씨에 홀린 탓인지, 뜨개방은 날마다 문전성시를 이루었다고.

호흡이 착착 맞게 된 뜨개방 여인들은 여인 D와 의기투합해서 협동조합을 만들었는데 여기서 수익금이 생길 때마다 아프리카에 수도꼭지를 하나씩 기부했단다. 갈수록 기부하는 수도꼭지의 개수는 늘어났고, 주인님은 청일점으로 협동조합에 가입, 뜨개질은 물론 퀼트로 손가방, 지갑, 테이블보까지 함께 만들게 되었다. 협동조합에 주인님 말고 남자 회원이 한 명도 가입하지 않은 것은 자신이 벌인 철저한 방해공작 탓이었다고. 쥐도 새도 모르게 방해한 것이므로 굳이 공작의 내용이 무엇이었는지는 밝히지 않겠다고.

여인 D는 건물주 입장에서도 월세를 꼬박꼬박 내는 기특한 세입자였을 뿐 아니라 처음의 예상대로 점차 흠모의 대상이 되어갔다. 지역신문에서도 여인 D를 인터뷰해서 기사를 내줄 정도로 뜨개방과 협동조합에 대한 관심은 뜨거웠다.

어느 날, 주인님은 용기를 내서 말했다. 결혼해서 당신 닮은 딸을 꼭 하나 갖고 싶다고. 말을 하고 나서 왜 꼭 하나여야 하지? 둘은 안 되나? 셋도 괜찮지 않을까? 하며 후회했으나 곧바로 정정하면 가벼운 사람으로 보일까 봐 참았다.

주인님은 그녀가 자기와 결혼하면 좋은 점으로 뜨개방을 월세 내지 않고 운영할 수 있다는 점을 들어주었다. 그녀는 피식 웃으며, "세상에는 정신적인 관계도 있는 거예요. 오로지 순수하게 정신적으로만 연결된 관계"라고 말해 그의 청혼에 간접적인 거절 의사를 표시했다고.

그날 주인님은 밤새도록 그녀의 말을 곱씹었다. '혹시 결혼해서 섹스리스 부부로 살겠다는 뜻인가? 그래서 내 청혼에 대한 간접적인 수락 의사를 표시한 게 아닐까?'라는 긍정적이고도 색다른 해석을 한 뒤 정식으로 다시 청혼할 것을 결심했다. 즉 프러포즈 반지를 샀다는 것이다. 그래서 호시탐탐 반지를 전해줄 기회만 노리고 있었는데, 어느 날부터 그녀가 AIDS란 소문이 돌았다. 그때 주인님이 받은 충격은 평소 너무나 가정적이었던 어머니에게 삼십 년 된 애인(이것도 주인님 표현)이 있다는 걸 알게 된 날 받았던 충격보다 더 컸다고 한다.

날마다 물밀듯이 밀려들어오던 뜨개방 손님들은 썰물처럼 빠져나갔다. 손님들은 손발과 호흡이 착착 맞아떨어져서 약속이나 한 듯이 동시에 떨어져나갔다고. 결국은 협동조합 회원들도 다 빠져나가고 마침내 뜨개방에는 조합장인 여인 D와 청일점인 주인님, 둘만 남게 되었다.

주인님은 소문 때문에 괴로웠으나 차마 여인에게 직접 에이즈냐고 물어볼 수가 없었다. 그리고 소문부터 믿어버렸다. 주인님은 너무도 괴로운 나머지 날마다 구글에 접속해서 괴로움을 호소했다. 주인님은,

에이즈는 완치 가능한가요? 라고 물었고,

관계하지 않고도 에이즈에 옮을 수 있나요? 라고도 물었으며,

에이즈에 걸리면 얼마 만에 죽나요? 라고까지 물었다.

주인님의 의문은 마침내 그녀가 평소 내뱉었던 말 한 마디 한 마디가 전부 에이즈에서 비롯된 대사가 아닐까란 의심으로 귀착되었다.

그럼에도 이 모든 의심을 뒤로하고 여인 D에게 청혼하려던 날 아침(결코 반지 산 돈이 아까워서 그랬다는 게 아니라) 뜨개방 유리문이 누군가가 던진 달걀 자국과 누군가가 라커로 뿌려놓은 AIDS란 글자가 붉게 얼룩져 있는 걸 발견했다. 또한 그가 유리문을 열고 걸어가는 순간 누군가 뒤에서 "떠나라!"고 소리치며 유리창을 향해 돌을 던졌다. 창문이 깨지지 않았더라면 그의 머리통이 깨질 뻔했다.

그래서 정식으로 프러포즈를 하기로 정한, 머리통 깨질 뻔했던 그날, 그는 그녀에게 가게를 비워달라고 하면서 자신과의 약속을 스스로 파기해버렸다.

그의 표정은 구애하는 자에서 건물주의 표정으로 바뀌어 있었다. 그녀는 순순히 고개를 끄덕이며 다음 날 이삿짐 차

를 불러 바로 나가버렸다. 그는 그녀가 가게를 계약했을 때 냈던 보증금을 계좌이체 해주었다. 그녀는 그가 준비한 반지의 존재도, 그가 한 청혼의 결심도 모른 채 떠났다고 한다.

그 뒤로는 그녀의 소식을 알 수 없었다. 정말로 에이즈였는지, 죽었는지, 살아 있는지, 살아 있다면 어디서 무얼 하며 살고 있는지. 그리고 그를 가끔 생각은 하는지. 그를 얼마나 원망하는지….

"그때 그 반지는 아직도 간직하고 있어."

아니, 왜? 나는 머릿속으로 시나리오를 썼다.

〈1안〉

주인님 : 이제 반지의 주인을 찾은 거 같아. 옥탑에게 주고 싶어.

나 : 반지는 필요 없고요. 에어컨 놓으면 전기세나 깎아주세요.

〈2안〉

주인님 : 그녀를 다시 만나게 되면 주려고. 그녀에게 달린 A란 글자를 내 손으로 떼어주고 프러포즈하려 해.

솔직히 말하자면 〈2안〉이 더 맘에 들었다. 주인님은 잠시 침묵하더니 나직하게 말했다.

"그녀를 만나게 되면 주려고. 다시 정식으로 프러포즈하고 싶어."

때로 상상의 언어는 현실의 언어가 된다. 무슨 광고 카피 같긴 해도 이보다 더 적절한 표현을 현재로서는 찾지 못하겠다.

주인님이 이렇게 파리 날리는 카페를 직접 운영하는 데는 다 이유가 있었다. 그녀를 기다리는 것이다. 그녀가 다시 올까 봐. 다시 오면 반지를 주려고.

나는 고개를 끄덕였다.

"이제 카페 A가 무얼 뜻하는지 알겠네요. Apple은 아닐 테고, Apology죠? 사과한다는 뜻."

주인님이 빙그레 웃으며 "빙고!"를 외쳤다.

"참, 뮤지컬은 장사 잘되던데? 초대권을 많이 뿌려서 그런가?"

주인님은 내 속도 모르고 상처에 소금을 뿌렸다. A, C, 이참에 확 죽어버릴까 보다. 커피를 하도 마셔서 속 쓰려 죽겠고만.

여름도 끝물이라 그런지 에어컨은 빨리 배달되었다. 마트에서 배달되어온 에어컨을 보자 조금만 참아볼걸 하는 심정이 안 드는 건 아니었다. 그러나 곧 오늘까지 여름이고 내일부터 가을이 올지언정 하루라도 나와 아로와나가 시원하게 살면 된다는 심정으로 돌아섰다.

배달기사가 에어컨을 어디에다 설치할 거냐고 물었다. 나는 떨리는 목소리로 옥탑방이라고 답했다. 외간 남자는 내 방에 들어올 수 없다는 규칙에 예외를 적용해야 했기 때문이다. 기사는 엘리베이터도 없는 건물 오 층까지 에어컨을 들고 걸어올라오면서 한마디 불평도, 힘든 내색도 하지 않았다.

옥탑방으로 들어선 기사는 내가 에어컨을 놓아달라는 위치를 보더니 난감해했다. 그 자리에는 에어컨 배관이 설치되어 있지 않아서 불가능하다고.

"네? 그게 무슨 말씀이신지?"

"에어컨을 놓으려면 배관 공사가 되어 있어야 하는데 이 방에는 공사가 되어 있지 않다고요."

나는 손으로 벽에 붙은 콘센트를 가리켰다.

"그냥 저기에 코드만 꽂으면 되는 거 아닌가요?"

기사는 마치 외계인을 보듯 날 쳐다보았다. 더 이상 할 말이 없다는 듯이.

나는 일 층 카페로 뛰어내려갔다.

"헉헉, 주인님."

"숨 좀 돌리고 말해. 기다릴 시간 많아."

주인님, 오늘따라 참으로 침착하시다.

"기사가 에어컨을 놓으러 왔는데요. 방에 에어컨 배관이 없대요. 에어컨 사면 전기 코드만 꽂으면 되는 줄 알았는데…."

주인님은 방금 전 기사와 똑같은 눈길로 나를 바라보았다.

"옥탑, 작가 맞아? 뭘 몰라도 너무 모르네."

"아, 여기서 그 말이 왜 나와요?"

"작가 맞네. 말 한마디에 발끈하는 걸 보니."

주인님은 놀리기 작전을 개시했다.

"아, 전기밥솥도 코드만 꽂으면 밥이 되지. 선풍기도 코드만 꽂으면 날개가 돌아가고. 노트북도 코드 꽂으니까 작동이 잘되지? 에어컨이 선풍기인 줄 알아? 코드만 꽂으면 돌아가게?"

"그게… 같은 원리 아닌가요?"

"난 또 살다 살다 코드만 꽂으면 에어컨이 돌아가는 줄 아는 사람 보는 건 처음이야. 전기세 감당은 어떻게 할 건데?"

"내가 지금 나 혼자 살자고 이러는 거 같아요? 아로와나가 죽게 생겼는데 그럼 나더러 어쩌라고요!"

나는 결국 본의 아니게 주인님에게 아로와나의 존재를 들키고 말았다. 이 말은 수족관의 존재를 들켰다는 뜻이고 내 입으로 전기세의 주범임을 실토했다는 뜻이다. 주인님은 그간 전기세가 왜 더 나오고 있었는지에 대해 비로소 이해가 간다는 표정을 지었다. 내가 지은 표정은 당연히, 죄인의 표정이었다.

"죄송합니다. 조만간 말씀드리고 전기세 올려드리려 했어요."

주인님은 의외로 담담하게 나왔다. 지금까지 나온 전기세는 그냥 눈감아줄 테니 앞으로 잘하라면서 격려까지 해주었다. 결론은 앞으로 전기세를 더 내라는 것.

어우, 어디 에어컨 있는 집에 살아봤어야 말이지.

"에어컨 배관 공사는요?"

"그건 세입자가 하는 거야."

"네?"

"세입자가 백 프로 부담하는 거라고."

"아니, 언제 나갈지도 모르는데, 내가 왜 해요?"

"그럼 하지 말든가."

나는 결국 에어컨과 함께 배달기사를 돌려보냈다. 다행히 에어컨을 뜯지 않아 배달비만 제외하고 고스란히 환불받을 수 있었다. 기사에게 일 층까지 에어컨을 들어주겠다고 했지만 거절당했다. 끝까지 기사도 정신을 발휘한 것이다.

언제가 될지는 모르겠지만 이사 갈 때 이 말은 꼭 안 하고 싶네요. 여기서 잘 살았다는 말. 혼자만 잘 사는 주인놈아.

나와 석이

....

석이는 내가 옥탑방에 머무는 시간을 귀신같이 알아내어 시도 때도 없이 문을 두들겼다. 나는 시끄러워서라도 문을 열어주어야 했다. 열어줄 때까지 계속 두들겨댔으니까. 정말이지 꽤나 검질기게 굴었다. 외간 남자는 코흘리개라도 옥탑방에 못 들어오는 게 규칙인데, 에어컨 배달기사가 다녀간 뒤로 한 번의 규칙이 무너지자 계속 무너지기 시작했다.

석이는 때로는 야비한 방법을 썼고,

"나는 비밀을 안다. 누나의 비밀을."

"뭐? 키스한 거?"

"누나도 내 비밀 알잖아요."

"뭐? 한글 모르는 거?"

"비밀 지켜줄 테니까 들어가게 해줘요."

때로는 엉뚱한 질문을 들고 왔으며,

"눈물하고 콧물 중에 뭐가 더 짜요?"
"넌 둘 다 먹어봤잖아. 먹어봤음 알 거 아냐."

때로는 동정심을 유발했고,
"배고파요."
"냉동 옥수수밖에 없는데."

때로는 인정에 호소했으며,
"갈치가 잘 있나 걱정돼서 온 거예요."
여기서 갈치란 아로와나를 말한다. 석이는 아로와나를
갈치라고 불렀다.
"왜? 내가 잡아 먹었을까 봐?"
"들어가서 갈치한테 먹이 주면 안 돼요?"

때로는 부모님이 쉬는 날에도 서슴없이 찾아왔다.
"엄마 아빠가 하루 종일 잠만 자요. 나랑 놀아주지도 않고."
"나더러 어쩌라고?"
"안 놀아줘도 돼요. 들어가서 얌전히 있을게요."

어떨 때는 좀 질리기도 했다.

"누나, 다른 비밀 또 있죠?"

"무슨 비밀?"

"비밀이 한 개만 있는 사람이 어디 있어, 나한테 다 털어놔봐요. 지켜줄게요."

"아, 털긴 뭘 털어! 안 그래도 빈털터리인데!"

또 휴일(내가 싫어하는 도서관 휴관일)에는 옥탑방에서 석이와 두 끼를 먹은 적도 있었다. 그러니까 하루 종일 내 방에서 뒹굴었다는 뜻이다.

"라면 끓여주세요. 단무지 있어요?"

"없어."

"가서 사와요. 난 단무지 없으면 라면 못 먹는데."

"야, 뻔뻔하려면 너 정도는 돼야 뻔뻔하단 소리 듣겠다. 너 자격 있어. 뻔뻔하다는 말 들을 자격."

"자격? 그거 좋은 말이에요?"

에이, 말을 말자. A라는 말도 꺼내지 말자. 나는 결국 석이 엄마가 근무하는 두레마트로 달려가서 단무지를 사왔다. 석이 아빠가 두레마트 배달원이라 아들이 먹고 싶어 한다면서 단무지 배달을 요청할 수도 있었지만, 삼만 원 이하는 배달이 안 된다는 규칙을 지켜야 했기에 포기한 거였다.

뻔뻔 자격증 소지자 석이가 물었다.

"찬밥 있어요?"

"늘 남아도는 게 찬밥이지. 내가 어딜 가도 찬밥 신세거든."

석이는 밥을 라면 국물에 말아 단무지와 함께 싹싹 먹어
치웠다.

"아토피라서 라면 먹으면 안 되는데 누나가 끓여줬다 그
럴게요."

"그래라, 그래. 내가 다 뒤집어쓸게."

게다가 나는 옛날 애인 C를 만난 날 서점에서 사지 못한
《기적의 한글학습법》이란 책을, C와 헤어지고 돌아오는 길
에 결국 동네 책방에서 사고야 말았다.

석이는 보기보다 영악했다. 상대에게 연민을 불러일으키
는 방법을 알고 있었다. 코를 찡긋하며 서럽게 울면 너무나
도 불쌍해 보였다. 당장이라도 안아주며 사과하고 싶을 정
도로. 앞으로 그럴 일은 없겠지만(혹시라도 하늘이 두 쪽으로
갈라져 세상이 두 개가 되면) 석이 같은 애는 낳고 싶지 않다.
신경이 쓰이는 데다 안아주고 싶기까지 하니 응석받이로
자랄 거 아냐.

이렇게 해서 석이는 최초로 옥탑방에 시도 때도 없이 들

어올 수 있는 외간 남자 출입허가증을 당당하게 얻게 된 것이다. 나는 아이에게 한글을 가르쳐본 일이 없는 데다 귀찮아서 책을 석이에게 던져놓고 혼자서 하라고 했다. 그랬더니 정말 혼자서 하는 게 아닌가.

이런 계기를 심어주긴 했다.

"열심히 해. 앞으로는 한글 몰라서 인형 뽑기 기계에 돈 갖다 바치는 일은 만들지 말아야지. 안 그래?"

석이는 보기보다 영악한 데다 똑똑하기까지 했다. 덕분에 나는 석이 옆에서 시나리오 작업을 할 수 있었다. 아니, 석이가 내 옆에서 한글 공부를 했다고 해야 하나?

석이가 연필을 쥐고 꾹꾹 눌러가며 한글을 써내려가는 모습이 기특해서 나는 스마트폰에 한글 맞추기 게임을 깔아시켜주었다. 석이가 졸라서가 아니라 순전히 자발적으로.

그날 나는 석이에게서 엄마가 달아준 A, 즉 ADHD란 글자를 싹 걷어내버렸는데, 이게 다 삼천 원 때문에 생긴 일이다. 치킨집에 돌려주지 못한 삼천 원을 석이에게 돌려주기 위해 방문을 열어준 뒤로 일어난 일. 그러니까 이게 다 삼천 원 때문이다.

나와 아버지

～～～～～

아버지에게서 전화가 왔다. 시무룩한 목소리로 인해 무슨 일이 생긴 건가 싶어 가슴이 철렁 내려앉았다. 그러다가 이 목소리가 언제나 변함없는 아버지의 목소리였단 걸 떠올렸다.

아버지는 남북의 대표가 악수했으니 앞으로 파주 땅값이 오르겠다고 했다. 그게 언제 이야긴데요. 게다가 내가 옥탑방에 세 들어 사는 신세라는 걸 모르나? 나랑은 상관없는 일인데. 아니, 땅값이 오르면 전세비가 오를 테니 나랑 상관이 있는 건지도 모르겠다. 집값을 못 올려주면 반지하로 내려가야 할 테니까. 그러므로 파주건 어디건 한 평도 내 땅은 없다. 한 줌의 땅도.

아버지는 앞집 사는 필리핀 며느리가 쌍둥이를 낳은 데 이어 그 집 개까지 새끼를 다섯 마리나 낳아 다둥이 잔치를 톡톡히 치렀다는 이야기에서부터 칠순의 옆집 할머니가

라인댄스를 배우러 다니는데 요즘 들어 아버지에게도 권한다는 말까지 늘어놓았는데도 우리의 대화는 도중에 자주 끊겼다. 나의 노력 부족 탓이었음을 부인하진 않겠다.

아버지는 통화 말미에 내일이 엄마 기일인데 올 수 있냐고 물었다. 이런, 내가 먼저 챙겼어야 했는데. 달력에 표시해놓고도 그냥 지나치다니.

고향에 내려가 만난 아버지는 여전했다. 시무룩한 목소리와 한결같은 무뚝뚝한 표정으로 나를 맞이했다. 아버지의 목소리와 표정은 살아 있었을 때 엄마의 가장 큰 불만이었다. 아버지가 기분이 좋은지 나쁜지, 기쁜지 슬픈지 얼굴을 봐도 목소리를 들어도 도통 알 수가 없다는 거였다. 저 인간은 로또에 당첨되어도 무뚝뚝한 표정으로 시무룩하게 말할 거라고.

참고로 서랍에 있는 내 시나리오 속 인물 가운데 본의 아니게 포커페이스라 불리게 된 남자가 있는데(제목이 〈본의 아니게 포커페이스라 불리는 사나이〉다), 아버지에게 영감을 받아 캐릭터를 재창조한 것이다. 장르는 농촌 누아르. 엔딩이 비극과 희극 두 가지고 어느 한쪽도 포기할 수 없어서 틈날 때마다 생각하고 있다. 언젠가 어느 한쪽은 과감하게 포기해야 한다는 것을.

아버지는 단출하게 차린 엄마의 제사상에 마지막으로 담배를 올렸다. 엄마가 죽기 직전 마지막으로 함께한 동무는 아버지도 나도 아니고 담배였다. 아버지는 농사를 짓느라 밭에 나가 있었고 나는 자취방을 전전하며 시나리오를 쓴답시고 어머니의 임종을 못 지켰으니까. 타다 만 담배 한 개비만이 어머니의 임종을 지켜보았는데, 이 사실은 오래도록 아버지의 마음에 남아 있었다.

아버지가 한 모금 빨아 불을 붙인 담배가 엄마의 제사상 위에서 타들어갔다. 담배연기가 열어놓은 창문 밖으로 나갔다. 아버지와 나는 안타까운 표정으로 담배연기를 바라보았다. 마치 엄마가 다시 사라지고 있는 것만 같았다.

아버지는 엄마가 담배를 너무 많이 피워서 죽은 거라고 했다. 살아서는 그렇게 못 피우게 하더니 죽으니까 담배를 권한다. 죽은 다음에는 죽음을 염려하지 않아도 되니까? 죽은 다음에는 다시 죽을 수 없으니까?

제사를 마치자 아버지가 옥수수차를 끓였다. 아버지는 옥수수차와 함께 삶은 옥수수를 내놓았다.

전에도 언급한 일이 있지만 나는 옥수수를 싫어한다. 치열이 고르지 못한 탓에 옥수수를 먹으면 자꾸 이빨에 끼기 때문이다. 아버지는 내가 싫어하는 것을 아껴두었다가 내밀었다. 그래서 나는 아버지도 싫어한다. 하지만 나이가 35 혹은 53이 되면 상대방이 내가 싫어하는 걸 권해도 티를 내지 말아야 한다. 포커페이스가 되어야 한다.

옥수수를 먹는 동안 영화 〈고양이를 부탁해〉의 배두나가 떠올랐다. 내가 정확히 기억하고 있는 건지는 모르지만, 배두나가 친구 집에 놀러 갔는데 친구 할머니가 만두를 권했다. 아마도 친구가 부재중이어서 기다리는 동안 만두라도 먹으라고 권했던 것 같다. 배두나는 속으로는 먹기가 싫었는데 거절할 수 없어서 꾸역꾸역 만두를 받아먹었다. 하나를 겨우 다 먹자 할머니가 하나를 더 권했다. 배두나는 또 받아서 먹었다. 꾸역꾸역.

그때 나는 이런 생각을 했다. 참 목메겠다. 할머니가 물이라도 좀 주셨으면. 그리고 먹기 힘든 만두를 거절하지 못하는 배두나의 마음에 나도 목이 메었다.

영화처럼 현실에서도 그래야 한다. 친구의 할머니가 만두를 권하면 찐만두건 군만두건 군말 없이 먹어야 한다. 먹다가 목이 메어 캑캑거리는 한이 있더라도.

고향에 혼자 사는 아버지가 옥수수를 권한다면 아무리 먹기 싫어도 그냥 받아먹어야 한다. 이빨에 전부 끼어 이를 다 뽑아버리고 싶어지더라도.

만두와 옥수수는 그냥 만두와 그냥 옥수수가 아니라 할머니와 아버지의 마음이 담긴 만두와 옥수수이기 때문이고, 그러므로 만두와 옥수수를 먹는 건 그들의 마음을 받아들이는 일이기 때문이다.

옥수수차의 존재를 까맣게 잊은 채 이빨에 자꾸 끼는 옥수수와 아버지를 원망하며 목이 메어 꾸역꾸역 먹는 순간, 방 한구석에 놓인 《조선일보》가 눈에 띄었다.

"아버지, 지난 대선 때 누구 찍었어요? 설마⋯."

나는 한 번만 더 물으면 이번이 백 번째인 질문을 했다. 아버지는 한 번만 더 저으면 이번이 백 번째로 고개를 저었다.

"그걸 뭣허러 알려고 허냐⋯."

나는 옥수수를 먹다 말고 신경질적으로 내려놓았다.

"이제는 말해줄 수 있잖아요! 정권 바뀐 지가 언젠데! 말한다고 말이 닳는 것도 아닌데!"

아버지는 내가 올라가는 대로 옥수수를 택배로 부쳐주겠다고 했다. 지인들에게 옥수수를 팔아달라고. 작년 여름에 삶아서 냉동실에 처박아둔 옥수수가 그대로 있는데, 또!

아버지는 영화판에서 내 인간관계가 넓은 줄 안다. 영화판에는 피디 친구가 하나밖에 없는 데다, 그나마 지금 스페인에 가 있어서 나한테 연락조차 안 한다고 말할 수가 없어서 나는 알았다고 답했다.

작년에는 지인들에게 옥수수를 팔았다고 거짓말을 하고 아버지에게 돈을 부쳤다. 물론 내 돈이었다. 옥수수를 너무 빨리 팔아버린 바람에, 그러니까 돈을 너무 빨리 부치는 바람에 아버지는 흐뭇해했다. 옥수수 농사가 잘돼서 인기가 좋은가 보다고. 올해는 좀 천천히 부쳐야겠다.

어느 날이고 아버지가 갑자기 옥탑방을 찾아와 냉동실이라도 열어볼까 봐 나는 언제나 노심초사한다. 냉동실에는 팔지 못해 삶아서 보관 중인 냉동 옥수수가 가득하니까.

어느 날 갑자기 아버지가 옥탑방에 들이닥쳐 냉동실을 열어보는 꿈. 그날 소개팅에서 차마 반지남에게 말하지 못한 이 꿈이, 내게는 세상에서 가장 무서운 꿈이다.

나와 옥수수

가을은 너무 빨리 가버렸다. 이제야 가을이 오나 보다 했는데 시작하기가 무섭게 벌써 끝나버린 것이다.

가을이 짧았던 이유는 여름이 지나치게 길었기 때문이고, 여름이 길었던 이유는 길거리에 차들이 너무 많이 다니기 때문이고, 망할 놈의 지구온난화 때문이고, 중국 때문이고(스페인 때문이기도 하고), 지구가 미쳐 돌아가기 때문이고, 세상이 미쳤기 때문이고, 이게 다 내가 가을을 너무 사랑했기 때문이다. 내가 좋아하면 언제나 빨리 떠난다. 사람이든 계절이든.

상대가 떠나지 않기를 바란다면 좋아하지 말아야 한다. 그러므로 날 미워해도 좋으니 누구든 내 옆에 오래 붙어 있었으면 좋겠다. 아로와나가 들으면 기분 나쁠 일이지만 하다못해 아로와나라도 말이다.

에어컨도 없이 힘겹게 여름을 난 아로와나는 수족관을

더 큰 걸로 바꾸지 않으면 안 될 정도로 몸집이 커졌다. 나는 여름 내내 아로와나와 함께 더위와 싸운 일밖에 없는 것 같은데. 나는 아로와나가 여름을 무사히 나준 것에 대한 고마움의 표시로 선물을 해주기로 마음먹었다. 수족관을 더 큰 것으로 바꿔줄 예정이다. 아로와나에게 지금 있는 수족관에서 계속 지내라는 건 쑥쑥 커가는 아이에게 아기 침대를 계속 쓰라는 거나 다름없는 짓이다.

사실 이 돈은 아버지가 중병에 걸렸을 때나 내가 아파 죽을 지경이 되었을 때를 대비해 오래전부터 모아온 것이다. 오로지 그 용도로만 쓰기로 결심한 거지만, 엄마 기일 때 봤던 아버지의 상태는 비교적 양호하다는 첫 번째 판단과 나는 죽어도 괜찮다는 두 번째 판단으로 인해 과감하게 수족관을 교체하는 데 쓰기로 했다.

다른 데 돈 쓸 일 생기기 전에 지금 당장 청계천으로 나가봐야겠다. 곧 겨울인데, 수족관 전문가에게 '옥탑방에서 열대어와 함께 무사히 겨울나기'에 대한 짤강도 요청해볼 생각이다.

현관을 나서서 입구의 우편함을 지나치는데 우체부가 내게 마침 잘 만났다는 표정으로 나해수 씨 계시냐고 물었다.

나도 우체부와 같은 표정으로 반갑게 내가 나해수인데 왜 그러시냐고 반문했다. 우체부는 내게 우편물을 내밀며 사인을 부탁했다. 내게 온 등기였다. 살다 보니 나한테 등기를 보내주는 사람도 다 있구나, 하며 나는 흔쾌히 사인을 해주었다. 심지어 "포스트맨은 벨을 두 번 울리는데 아저씨는 직접 주시네요" 하며 평소라면 결코 하지 않았을 농담까지 곁들였다. 얼마나 중요한 일이기에 등기를 보냈지? 자라나는 아이에게 새 침대를 사주는 일보다 더 중요한 일인가?

사인을 해주자 우체부는 오직 나만을 위해서 타고 온 오토바이였다는 사실을 증명해 보이듯 부웅~ 오토바이를 타고 사라졌다.

그것은 다름 아닌 법원에서 보내온 등기였다. 여름의 끝물까지 나는 영화인 단체의 연대탄원서에 힘입어 나 홀로 소송을 진행하며 나 홀로 재판에 임했다. 이제 결과가 배달되어 온 것이다. 가슴이 철렁 내려앉았지만 나는 꿋꿋하게 자리에 서서 우편물을 뜯어보았다. 봉투를 뜯을 때 손가락이 떨려 봉투가 조금 찢어지긴 했지만 말이다.

내용은 내가 영화사를 상대로 낸 〈치마의 모험〉 저작권 소송 1심에서 패소했다는 소식이었다. '영구'는 힘이 셌다.

영화인 단체의 눈물겨운 탄원서도(영화인 단체는 읍소형을 택했다) 영구 앞에서는 힘을 쓰지 못했다. 시나리오에 관한 모든 저작권을 영화사에 '영구적'으로 양도한다는 불리한 계약서 때문에 패소한 거였다.

나는 정신적으로도 육체적으로도 더 이상 버틸 힘이 남아 있질 않았다. 그간 소송과 더불어 지속된 불면의 밤들을 헤아린다면 밤하늘의 별들과도 맞먹을 것 같았다. 나는 항소를 포기했다. 이 지긋지긋한 불면증을 끝내기 위해서라도.

내가 항소를 포기하자 법원에서 소송비용 확정서가 날아왔다. 연이어 피고 측인 영화사에서 고용한 변호사 사무실에서도 내용증명서가 날아왔다. 법원이 제시한 소송비용 확정금액을 지불하라는 청구서였다.

아니, 변호사비가 없어서 나 홀로 소송을 한 건데, 졌으니까 변호사 비를 내라니. 이게 말이 되냐고요.

나는 수족관이고 침대고 간에 다 포기하고 드러눕고 싶은 심정이었지만 청구서를 노려보면서 스스로에게 영구 같은 질문만 던지며 재판 때를 떠올렸다.

그날, 나는 원고라서 원고석에 앉았다. 나 홀로 소송이었으므로 혼자서 갔다. 내가 소송을 제기한 피고 측 영화사 대표와 극단 대표는 나오지 않았다. 변호사 한 사람만 나왔다.

영화에서는 법정 장면이 너무나 많이 나왔다. 판사, 검사, 변호사란 직업도 영화에서는 흔한 것이었다. 그런데 현실의 법정은 너무 떨렸다. 현실의 판사 역시 보기만 해도 긴장이 됐다.

영화에서 억울한 사람들은 법정에서 억울함을 호소할 기회도 많이 갖던데 현실은 그렇지 않았다. 영화 속 판사들은 원고에게 호소할 기회도 주고 피고에게 말할 기회도 주었지만 현실은 그렇지 않았다. 이것은 이미 제출한 소장으로 검토가 끝났다는 뜻이기도 했다.

내 데뷔작 〈치마의 모험〉의 주인공 이름은 내가 지은 이름이고, 주인공이 하는 행동은 내가 시켜서 한 행동이고, 주인공이 내뱉는 대사는 내가 쓴 것이다. 그러므로 내가 쓴 걸 내 허락도 안 받고 무단 사용하면 법에 저촉된다.

나는 이런 말을 준비해갔다. 하지만 법정에서는 한마디도 못했다. 말할 기회를 잡으려고 적절한 타이밍만 엿보다가 재판은 그냥 끝나버렸다. 내가 이러려고 나 홀로 소송을 진행했나.

교대 앞을 무작정 찾아가 상담했던 변호사의 말이 귓가를 맴돌았다.

"계약서가 불리하군요. 지더라도 의미 있는 싸움이 될 거 같으니 소송합시다."

그날 나는 불안한 마음으로 재판정을 나섰다. 실패의 탑을 하나 더 쌓을 것 같은 심정으로. 실패하더라도 이 소송에 대해 후회하지 않겠다고 다짐했다. 소송 자체로도 의미는 충분했으니까. 이렇게 스스로를 위로했다. 그러나 실패를 자랑하려면 그간의 노력에 대해서도 반성해야 한다. 얼마만큼 절실했는지. 어느 정도로 목숨을 걸었는지.

나는 소송에서 지면 자살할 것까지 미리 심각하게 고민했다. 어차피 언젠가는 죽을 인생, 지금 죽으나 늙어 죽으나 적어도 목숨 걸고 소송했다는 증거는 남겠지. 좋은 생각이다. 후배 시나리오작가들의 권익을 위해 순교하는 심정으로 자살하자. 영화사랑 극단 앞에서. 하지만 목숨은 한 개뿐인데 어디서 하지? 그래, 영화사 앞에서 해야겠다. 시를 위해 순교도 한다는데 저작권을 지키기 위해 순교를 못 할 건 뭐야.

아참, 난 실패자지. 그런데 왜 죽나? 실패했다고 죽나? 나는 실패자지 패배자가 아니다. 내 것에 대한 정당한 권리를 인정받는 일에 실패했을 뿐 싸움에서 패배한 건 아니란 말이다. 나는 머릿속으로 실패와 패배 사이를 거닐다 청계천 대신 강남으로 향했다.

　나에게 갑자기 호출을 당한 영화사 측 변호사는 당황해했다. 내가 청계천 대신 강남으로 진출한 이유는 영화사 측 변호사 사무실이 교대가 아니라 강남에 있기 때문이었다.

　가는 도중 지하철 안에서 인터넷으로 뮤지컬 〈치마의 모험〉을 검색했다. '원작 나해수'라는 타이틀은 슬그머니 사라지고 뮤지컬은 이제 노골적으로 연출자의 작품이 되어 있었다. 원작에 내 이름을 올려달라고 한 적 없는데. 내리라고 한 적도 없는데. 패소한 지 얼마나 됐다고. 빠르다, 빨라.

　가는 동안 내내 영구 같은 짱구를 굴렸다. 어떡하지? 어떻게 할까? 어찌 할꼬?

　강남역에서 내리자 역 부근 길모퉁이 노점에서 아저씨가 찐 옥수수를 팔고 있었다. 옥수수가 담긴 찜통에서 뜨거운 김이 모락모락 올라오고 있었다. 어떻게 할까나? 이제 내 머리에서도 김이 올라오고 있었다.

　순간, 냉동 옥수수로 머리를 얻어맞은 것처럼 머리가 갑자기 차가워지면서 정신이 번쩍! 들었다. 아! 할부해달라 그러자. 그리고 깎아달라 그러는 거야. 이것만이 정답이고 이 길만이 살길이다. 나는 옥수수 아저씨하고 하이파이브라도 하고 싶은 심정이었다. 찐 옥수수로 냉동 옥수수를 생각해내다니. 역시 극과 극은 통하는구나. 누가 이 길 말고 더 나은 방법을 알고 있으면 내게 알려달라.

변호사는 내가 싫다는 커피를 억지로 사주었다. 선불 카운터에서 변호사가 나를 밀어내고 기어이 계산을 한 것이다. 내가 사려고 했다. 거짓말이 아니다. 피고 측, 그러니까 영화사 측 변호사에게는 물 한 방울도 얻어먹고 싶지가 않았다. 마찬가지로 눈물 한 방울도 흘리는 모습 또한 보이고 싶지 않았다. 그런데 커피 두 잔을 사이에 놓고 변호사와 마주 앉는 순간 눈물이 한 방울 떨어지기 시작하더니 갑자기 뺨을 타고 주르르 흘러내렸다.

법정에서도, 판사 앞에서도 눈물 한 방울 안 흘렸는데 이게 어찌 된 일일까? 내가 어쩔 수 없는 읍소형 인간이라서?

변호사가 다시 당황해했다.

"울지 마세요. 내가 나쁜 놈 같잖아요."

"그러게 내가 산다고 그랬잖아요. 왜 싫다는 커피를 사고 그래요?"

눈물은 커피 잔 위로 계속 떨어졌다. 변호사는 커피숍 안 사람들의 눈치를 살폈다. 사람들이 자기를 나쁜 놈으로 볼까 봐 신경깨나 쓰이는 모양이었다. 그럼 나는? 누가 보면 실연당해서 우는 여자로 보일까? 보이거나 말거나.

차라리 실연이 낫겠다. 차라리 이 자리가 이 남자에게 실연당하는 자리라면 좋을 것 같다. 지금 내 재정 상태는 마음을 다치는 게 돈을 잃는 것보다 나은 처지니까.

사실 마음 같아서는 당장 한꺼번에 갚아버리고 싶었지만, 그래서 바지 같은 〈치마의 모험〉을 '영구적으로' 잊어버리고 싶었지만, 마음과는 달리 변호사에게 십 개월 할부를 요청했다. 그리고 깎아달라고 했다. 길모퉁이 노점상에서 날 기다리던 옥수수가 이 길로 인도했으니까. 이 길만이 현재 내가 살길이니까.

변호사는 마지못한 표정으로 내 요청에 응하면서 자기가 보는 앞에서 서약서를 쓰라고 요구했다. 나는 변호사가 쓰라는 대로 순순히 서약서를 써내려갔다.

앞으로 10개월간 매달 25일에 35만 원씩 입금할 것.
단 하루라도 어길 시, 서약서 내용을 무시하고 애초에 청구서에 표시된 금액 전부를 갚아야 한다.

나해수 서명

나혜석의 불륜 사실을 알았을 때, 남편 김우영은 이혼 도장을 받기 위해 나혜석이 요구한 대로 서약서를 써주었다. 나혜석은 아이들과 떨어져 살고 싶지 않았으므로 이혼 또한 원하지 않았다. 그래서 지푸라기라도 잡아보려는 심정으로 서약서를 요구했던 것이다.

부 김우영과 처 나혜석은 만 2년 동안 재가 또는 재취를 하지 않기로 하되, 피차에 행동을 보아 복구할 수 있음을 서약함.

부 김우영   인
처 나혜석   인

변호사였던 김우영은 서약서가 법적 효력이 없음을 누구보다도 잘 알고 있었다. 그래서 나혜석이 이혼 도장을 찍어주자마자 호적계에 이혼 서류를 제출하고 곧바로 기생과 재혼해버렸다. 나혜석이 김우영에게 서약서를 쓰라고 한건 법적인 효력보다 심리적 효력에 기대고 싶어서였기 때문이라고 생각한다.

지금 내 앞에 앉아 있는 변호사도 서약서의 효력에 대해 누구보다도 더 잘 알고 있을 것이다. 그런데도 내게 서약서를 쓰라고 한 건 법적으로는 영화사 편이지만, 심리적으로는 내 편임을 방증하고 있는 것이 아닐까.

나는 서약서에 사인을 하고 변호사에게 내밀었다. 변호사는 내 사인이 멋있다고 농담까지 했다. 우리가 농담할 사이는 아닌 것 같은데요.

최근 들어 사인을 너무 자주한다. 유명 작가도 아닌데.

옥탑방으로 돌아와 늦게까지 변호사에게 써준 서약서를 곱씹어보다가 새벽이 왔음을 알게 됐다. 이 동네에 양계장이 있는지는 모르지만 어디선가 새벽닭이 우는 소리가 들려왔기 때문이다. 고병원성 AI라도 걸린 것처럼 닭 울음소리는 처절했다. 곧 폐기 처분될 운명임을 알고 있기라도 하다는 듯.

두 귀를 막고 지금이라도 잠을 청해볼까 했지만… 가뜩이나 불면증에 시달리고 있는데 매달 돈을 낼 생각을 하니 잠이 올 리가 없잖아. 불면증의 단점은 밤을 새워본 이는 아는 이야기겠지만 새벽녘이면 어김없이 허기가 찾아온다는 것이다. 가난한 시절에는 허기를 달래려고 부러 잠을 청하기도 하지 않던가.

나는 냉장고로 다가가 문을 열었다. 냉장실에는 먹다 남은 오렌지주스 말고는 먹을 게 하나도 없었다. 그 흔한 찬밥도 없었다. 개똥도 찾으면 없다더니 요즘은 주인님이 뭐가 그리 바쁜지 남는 밥도 안 갖다 주었다. 하는 수 없이 냉동실을 열었다. 냉동실에는 아로와나의 먹이인 잘게 썬 냉동 돼지고기와 한 켠에 쌓아놓은 냉동 옥수수가 있었다. 아로와나에게는 미안하지만 냉동 돼지고기를 넣고 김치찌개를 해먹을 결심을 했다. 그런데 생각해보니 그 흔한 신 김치도 없잖아. 얼마 전 석이랑 라면 끓여 먹다가 단무지도 모자라 김치까지 싹쓸이해버린 거였다.

나는 눈을 질끈 감고 속으로 외쳤다. 냉동 옥수수가 오늘 나의 필연이자 운명이다. 삶아 먹고 구워 먹고 한 알 한 알 떼어 먹어야겠다. 이빨에 끼지나 않게 조심해야지, 하면서 냉동 옥수수를 꺼내는 데 나도 모르게 "앗 차가워" 하는 비명이 터져 나왔다. 냉동 옥수수들은 너무 오래 추운 곳에 갇혀 있었음을 시위라도 하듯 우수수 바닥으로 떨어지기 시작하면서 그대로 내 발등으로 돌진했다. 즉 내 발등을 무참히 찍어버렸다.

"아아악~~~~"

아닌 밤중에, 아니 아닌 새벽에 비명 소리가 옥탑방 밖으로 퍼져 나갔다. 나는 이 고통을 참을 수가 없었다. 참을 필요도, 가치도 없었다. 너무나 아팠으니까. 내 비명 소리는 울음소리와 섞인 채 모두가 잠든 시간에 모두를 깨워가며 옥탑방에서 옥상으로, 옥상에서 아래층으로, 반지하로, 이웃집으로, 온 동네로 퍼져 나갔다.

애초에 가지런한 생김새를 갖춘 옥수수는 아무런 잘못이 없었다. 잘못은 옥수수를 가지런하지 않게 들쑥날쑥 냉동실에 처박아둔 내게 있었다.

나는 제일 먼저 달려온 반지남(거리상 제일 먼 데 살고 있었음에도)의 부축을 받고 가장 늦게 온 주인님(거리상 가장 가까운 데 살고 있었음에도)이 운전하는 차에 탄 채 새벽에 응급실로 실려 갔다.

차 안에서도 내 비명은 이어졌다. 반지남은 아프면 참지 말고 계속 소리 지르라며 내게 비명을 부추긴 반면, 주인님은 아파도 좀 참으라며 날 자제시키면서 가는 내내 묘한 신경전을 벌였음을 밝혀둔다.

새벽에 달려온 응급실 환자인 탓에, 나는 보험 적용도 안되는 비싼 엑스레이를 찍었다. 옥수수에 찍힌 발등 뼈는 심하게 금이 갔다. 두 달 동안 깁스를 하라는 응급실 의사의 진단이 내려졌다.

아침이 되자 나는 반지남의 부축을 받고 주인님이 운전하는 차에 탄 채 응급실에서 집으로 돌아왔다. 그러고는 자리에 눕자마자 곯아떨어졌다.

꿈에 영화 〈소수의견〉의 윤 무슨 배우가(이름은 죽어도 기억 안 난다. 낮에 옥수수로 머리를 번쩍! 얻어맞은 상태임을 이해해주길 바란다) 옥수수를 들고 나타나 내게 소리를 질렀다.

"이렇게 나자빠질 거면서 소송은 왜 시작했어? 엉?"

"지더라도 의미를 남기고 싶어 소송…."

윤 배우는 옥수수로 내 발등이라도 찍을 듯이 노려보며 말했다.

"그걸 말이라고 하나? 왜 중간에 포기해? 대법원까지 가고 헌법재판소까지 가서라도 법을 뜯어고쳤어야지!"

낮에는 옥수수로 머리가 번쩍! 하도록 얻어맞고, 새벽에는 옥수수에 발등 찍히고, 오늘은 머리부터 발끝까지 풀세트로 옥수수가 날 울리는구나. 꿈에서까지.

나와 나혜석

◇◇◇◇◇◇◇◇◇◇◇◇◇◇◇◇◇◇

결국 수족관 교체는 다음 기회로 미루기로 했다. '아직은' 경제적으로 어려운 상황이지만 '아마도' 조만간 바꿔줄 수 있을 거라 아로와나에게 약속하며.

주인님은 남은 밥을 옥탑방으로 날라다 주기 시작했다. 웬일로 김치와 멸치, 게다가 꽁치까지 추가됐는데 석이 엄마가 보낸 거라고 했다. 두 달간 밑반찬 담당이라고. 내가 치 스타일인 건 어떻게 알았을까? 음치, 길치에 눈치까지 없는 스타일이란 거.

내가 내려가서 얻어먹을 수도 있었지만 발목에 깁스를 한 상태로는 옥탑방에서 아래층까지 오르락내리락하는 일이 힘들었다. 두 달 뒤 깁스를 풀면 신혼의, 아니 구혼의 신부가 예약해놓은 한의원에 침을 맞으러 가야 한다. 명의라고 보증을 섰으니까.

나는 주인님이 가져온 밥과 반찬을 바라보며 오히려 불

평을 했다.

"진작 갖다 줬으면 이런 일 없었잖아요. 그럼 냉동실까지 열어볼 일도 없었을 텐데."

그러면 옥수수에 발등 찍힐 일도 없었겠지….

주인님은 그간의 근무 태만을 미안해하며 변명했다. 그동안 여인 D가 뜨개방, 즉 카페 A로 찾아오기만을 막연하게 기다려왔는데, 이제는 카페 밖으로 찾아 나서기 시작했다고 자신의 근황을 알렸다. 그러니까 그에게 불평할 시간에 수동적 인간형에서 능동적 인간형으로 바뀐 걸 축하해주는 게 낫지 않느냐고.

그렇다. 수전 손택도 그랬듯 길치란 걸 떠들고 다닐 시간에 차라리 방향 감각을 익히는 게 나을 것이다.

주인님은 밥을 갖다 준다는 핑계로 당당하게 고개를 내밀어 열어놓은 내 방을 들여다보았다. 왜요, 뭐 또 전기제품 몰래 들여놨나 찾아보시게?

주인님의 시선이 내 달력에 가서 멈추었다. 달력에는 이십오 일에 선명하게 빨간색 동그라미가 쳐져 있었다. 주인님은 동그라미에 깊은 관심을 표시했다.

"이십오 일이 무슨 날이야? 최근에 생긴 애인 생일인가?"

윽, 이렇게 아픈 데를 찔리고야 마는구나. 이래서 외간 남자에게는 문도 열어주지 말아야 한다니까. 내 조만간 반드시 CCTV를 입수하고야 말 테다.

이십오 일은 단 하루라도 어길 시, 전액을 한꺼번에 갚으라고 빚쟁이가 정한 채무 이행 날짜다. 행여 단 하루라도 어길까 봐 잊지 않기 위해 동그라미 쳐둔 것이다.

나는 실실 쪼개가며 말했다.

"왜요. 선물 사주시게요? 안 사주시려면 관심 끄시죠. 그리고 애인 생긴 지가 언젠데 아직도 최근이래요?"

나는 밥과 반찬을 받아들고는 정중히 옥탑방 문을 닫았다. 감사히 잘 먹겠다고 덧붙이며.

근래에 접해본 일 없는 화려한 음식을 대하자 아로와나 앞에서 춤이라도 추고 싶었지만 발등 문제로 포기해야 했다. 대신 아로와나에게 냉동 돼지고기를 던져주었다.

수족관 앞에 밥상 겸용 앉은뱅이책상을 펼치고 음식을 올려놓으니 근사한 식탁이 되었다. 아로와나를 마주 보며 식사를 하기 시작했다. 아주 꿀맛이었다. 나는 이 저녁식사에 '아쿠아리움 디너'라는 이름을 붙여주었다.

식사를 마치고 나서 전에 현이에게 보내려던 메일을 보관함에서 불러와 다시 썼다. 현이가 영화관에 하나밖에 없는 나의 친구임을 거부하고 있으므로, 영화관에 하나밖에 없는 피디로 대하기로 했다. 즉 비즈니스 메일을 쓴 것이다.

안녕.

넌 지금 스페인 어디쯤이니?

나는 지금 〈세 개의 태양〉이라는 시나리오 탈고를 목전에 두고 있어. 화가 나혜석의 삶과 사랑과 예술혼을 다룬 이야기야.

이 시나리오에서 내가 심혈을 기울이는 대목은 나혜석의 말년의 삶이야.

탈고하자마자 여러 영화사에 동시에 돌려서 경쟁을 붙여도 되지만, 네게 우선권을 주려고. 넌 언제나 내 시나리오의 첫 독자였잖아? 검토할 의사가 있으면 연락 줘.

나는 현이에게 미투 얘기도, 소송 얘기도, 심지어 아로와 나 이야기도 하지 않았다.

쿨해서

내 마음에 들었다. 경쟁은 무슨, 그냥 하는 소리지.

다음 날, 현이로부터 답메일이 왔다.

안녕.

나는 지금 스페인 산티아고 가는 길에 있는 한 '알베르게'에 머물러 있어. 알베르게는 순례자들의 숙소거든.

여름에 프랑스에서 산티아고까지 걸어서 도착하는 게 목표였는데 발목을 삐어 도중에 포기했지 뭐야. 깁스를 하고도 걸어가는 사람들이 있는데 난 고작 발목이 삐었다고 포기한 거지.

처음엔 알파벳 A로 시작하는 나라들을 순례하려 했어. 너도 알고 있겠지만 내가 《씨네24》에 미투 제보를 했거든. 덕분에 내가 프로듀서 A양이 되었잖아? 그런데 시작부터 걸리지 뭐니. America. 미국에는 가고 싶지 않았어.

네 시나리오는 영화사 대표 A씨(너도 알 거야. 투자사에 있던 친구)에게 말했더니 한번 보여달라더라. 내가 영화판에서 아는 사람이 그 인간밖에 더 있니? 너 빼고.

그런데 나혜석의 예술혼이나 말년의 삶에 대해서는 관심 없다고 한마디로 딱 잘라 말하는 거야. 차라리 연애사와 스캔들과 에로틱한 신들을 보여달래. 그럼 검토 의향이 있다나?

시나리오 쓰는 데 참고하길 바라.

p.s. 참, 충무로에서 여주가 원 톱인 '사극' 영화는 위험하대. 투자받기 힘들다나.

현이의 답장으로 인해 그간의 궁금증이 조금이나마 풀렸다. 하지만 현이는 내게 소송 얘기도, 아로와나에 대한 안부도 묻지 않았다. 스페인과 미투 얘기만 짧게 언급했을 뿐. 비즈니스에는 비즈니스. 시나리오 탈고 시점에서 투자에 대한 대답을 듣게 된 것이다. 해결책은 전부 뜯어고쳐야 한다는 것.

어쩌면 해결책은 의외로 간단한 것인지 모른다. 먼저 나혜석의 첫사랑이었던 항일 저항시인 최승구와의 풋풋했던 사랑 이야기를 집어넣고, 그와 사별한 사연도 넣고, 천도교 대표였던 최린과 파리에서 밀회를 즐기는 장면을 에로틱하고 디테일하게 넣는다. 그리고 나혜석이 조선 팔도를 떠들썩하게 만든 사건을 넣는다. 즉 김우영과 십일 년간의 결혼생활을 적나라하게 써내려간 〈이혼고백서〉와, 간통 상대 최린을 상대로 낸 정조유린위자료청구소송을 넣는다. 그래서 신여성다운 면모를 부각시킨다. 아울러 그녀의 드라마틱한 생애도 비극적으로 극대화시킨다. 결론은 파국.

하지만 이렇게 고치면 〈건축의 윤리〉에 어긋난다. 시나리오는 건축이다. 나 같으면 이렇게 고친 시나리오에 투자 안 한다. 나 역시 투자 안 할 시나리오를 남의 투자를 받기 위해 쓰는 건 〈건축의 윤리〉에 어긋난다.

나는 스캔들과 에로틱으로 무장한 데미 무어의 영화 〈주홍글자〉처럼 〈세 개의 태양〉을 쓰고 싶었던 게 아니다. 내가 이 시나리오를 쓰는 이유는 헤스터 프린이 그랬듯 간통을 저지른 이후 정조를 지키는 생활을 이어나갔던 나혜석의 말년의 삶을 그려보고 싶었기 때문이다. 그녀가 헤스터 프린과는 다르게 말년의 고독을 예술로 승화시켰기 때문이다.

간통을 상징하는 A(Adultery)라는 주홍글자를 단 이후의 삶을 퀼트란 재능(Able)으로 사람들에게 봉사하며 천사(Angel)처럼 살았던 헤스터 프린과는 달리, 나혜석은 상간녀 딱지를 단 이후에는 산사(山寺)를 전전하며 예술(Art)에 헌신하면서 살았다. 주목받던 젊은 날의 화려함을 모두 부정해버린 채 아무도 관심 갖지 않는 말년에야 비로소.

나는 오늘 나혜석을 통해 내게 묻는다. 나라면 그럴 수 있을까. 세상이 인정해주지 않더라도 계속 시나리오를 써나갈 수 있을까. 그 어떤 보상도 주어지지 않더라도?

조선미전에서 '영구적으로' 밀려난 뒤에도 발표하지 않

을 그림을 계속 그려나갔던 나혜석처럼(그녀는 조선미전 특선에서 입선, 무감사 입선, 탈락의 수순을 밟은 뒤 영구 제명되었다) 나역시 영화판에서 '영구적으로' 밀려나더라도 팔리지 않을 시나리오를 쓰는 일에 매달릴 수 있을까.

나는 포기할지언정 타협은 하지 않겠다. 먹고살기도 빠듯한 주제에 찬밥 더운밥 남는 밥 가리는 거냐고 묻는다면 셰익스피어의 〈베로나의 두 신사〉에 나오는 대사를 인용해서 답하련다.

"이유를 물어도 저에게는 작가의 이유밖에 없어요."(원래 대사는 "이유를 물어도 저에게는 여자의 이유밖에 없어요"이다.)

지더라도 의미 있는 싸움을 하기 위해 소송하는 작가. 팔리지 않으리란 걸 알면서도 시나리오를 쓰는 작가. 어쩌면 나는 평생 봉투나 붙이면서 살아야 할지 모른다.

나와 주홍글자

....

'길 위의 인문학' 강좌 마지막 수업은 《주홍글자》였다.
나는 발목에 깁스를 한 채 도서관까지 걸어갔다. 고작 사
분 거리의 도서관까지 걷는 것도 이렇게 힘든데 대체 어떤
별종들이 깁스를 하고도 산티아고까지 걸어가는 것일까.

나는 끝까지 내 직업을 밝히지 않았다. 내가 시나리오작
가라고 말하면 수강생들이 날 시나리오작가로 볼 것이고,
강사도 날 그렇게 볼 것이고, 그럼 영화화된 게 뭐가 있냐
고 물을 것이고, 없다고 말하면 거짓말이 될 테고, 〈치마의
모험〉이라고 사실대로 답하면 뮤지컬로 나왔다는 사실도
밝혀질 텐데, 그러면 다시 한 번 내 상처를 헤집는 일이 될
것 같아서였다.

그리고 작가가 글만 잘 쓰면 되지 왜 그렇게 말이 많으냐
고 할 것이고, 혹시 글을 못 써서 말이 많은 게 아니냐는 쓸
데없는 의심을 살 필요는 없지 않을까란 생각에서였다.

강사가 수강생들에게 마지막으로 질문이 없냐고 물었다. 나는 여전히 강사에 대한 풀리지 않는 의문 두 가지를 품고 있었다. 잊었을까 봐 기우에서 다시 언급해두자면, 첫 번째 의문은 '강사는 왜 코 수술을 했을까?'이고, 두 번째 의문은 '왜 코 수술만 하고 쌍꺼풀 수술은 하지 않았을까?'이다.

한 송곳 수강생이 "마지막 수업인데 2차로 노래방 가서 뒤풀이하면 안 돼요?"라며 마지막 질문을 던졌고, 강사는 "마지막이 아니어도 안 될 건 없죠"라고 대답했다.

그래서 우리는 다 함께 주머니에 송곳 하나씩을 숨기고서 노래방에 갔다. 음치인 내가 노래방까지 따라간 이유는 깁스를 한 이후로 집에서 한번 나오면 들어가기 싫어지고, 한번 들어가면 나오기 싫은 스타일로 변했기 때문이기도 하고, 음치란 걸 불평할 시간에 노래방에서 노래 연습이라도 해야 앞으로 노래를 더 잘하게 될 것 같아서였다.

우리는 길 위의 인문학으로 페미니즘 문학을 함께 읽은 수강생답게 심수봉의 노래 〈사랑밖엔 난 몰라〉를 〈사람밖엔 난 몰라〉로 바꿔 불렀다. 노래방의 열기는 3차 치킨집으로 이어졌다. 나는 삼천 원을 떠올리게 하는 치킨집이 어쩐지 내 치부를 들추는 느낌이라 꺼려졌지만 한번 나오면 들어가기 싫은 체질로 변한 탓에 그곳도 따라갔다.

3차의 화제는 양말이었다. 노래방에 오자고 했던 송곳 수강생이 화제를 주도해나갔다. 그녀는 엊그제 마트에서 한 묶음에 여섯 켤레 들어 있는 아동용 패키지 양말이 싸길래 샀다고 했다. 아들이 초등학생인데 분홍색이 섞여 있어 살까 말까 주저했지만 남자는 파랑, 여자는 분홍색 옷을 입혀야 한다는 생각 자체가 남녀를 가르는 이분법이요, 고정관념에 성차별 같아서 그냥 샀다가 남편한테 잔소리만 엄청 들었다고. 남편은 노발대발하면서 사내아이를 계집애로 키우고 싶으냐고 했단다. 그래서 부부싸움 끝에 이혼을 하기로 결심했다가 이혼 사유로 양말은 좀 그렇지 않은가 하는 생각에 다음 기회로 미루었다고 말했다. 부츠라면 모를까. 다음에 아들에게 목이 긴 부츠를 신겨봐서 남편이 이걸로 또 트집 잡으면 그때는 정말 이혼하겠다는 결연한 의지를 보였다.

화제는 양말에서 부부싸움으로 넘어갔다. 여기저기서 주머니에 감춰둔 날카로운 송곳들이 잇따라 삐져나왔다. 결혼한 사람들에게 있어서 부부싸움이란 영구적인 관심 주제 같았다.

나는 누군가와 부부였던 적이 없으므로 당연히 부부싸움을 한 적도 없지만 부부가 싸우는 모습은 부모님 말고는 본

적이 없기에 그냥 듣고만 있었다. 우리 부모님도 나름 치열한 부부싸움의 역사를 자랑하는 분들이지만 이에 대해 떠드는 것은 예의가 아닌 것 같았다. 게다가 한 분은 하늘에 계시는 마당에.

부부싸움 이야기도 끝나갈 무렵 강사가 갑자기 나를 지목하면서 진짜 마지막으로 질문 없냐고 물었다. 내가 수강생 가운데 유일한 미혼이었기 때문에 소수자에 대한 존중의 표시로 그러는 것 같았다. 아니면 깁스를 하고서 산티아고는 못 되더라도 3차까지 따라온 내 정성에 가산점을 준건지도 모른다.

나는 개인적인 질문도 괜찮으냐고 물으려다, 갑자기 '개인적인 것이 창의… 아니, 정치적인 것이다'라는 페미니즘의 제2의 모토가 떠올라 자신감이 생겼다. 그래서 그냥 물었다. 첫 시간부터 궁금했던 의문 두 가지에 대해서.

"왜 코 수술만 하고 쌍꺼풀 수술은 안 하셨어요?"

"전남편한테 맞아서 코뼈가 부러졌죠. 그래서 할 수 없이 한 거예요. 수술비도 많이 나왔어요. 뼈가 많이 들었거든요."

강사의 거침없는 답변에 여기저기서 탄성과 괴성이 터져나왔다. 의문 두 가지가 동시에 풀리는 순간이었다. 코 수술은 하는 수 없이 한 거고, 쌍꺼풀 수술은 할 필요가 없어서 안 한 거다. 결론은 성형 목적이 아니었다는 것.

"사실 저 그런 질문 많이 받아요. 페미니즘 강사라 그런 지. 페미니즘이랑 성형수술은 잘 안 어울리는 조합이잖아요? 강의 전날에 남편한테 맞고 다음 날 선글라스 끼고 페미니즘 강의하러 간 적도 있어요."

이 대목에서는 우리 모두가 잠시 먹먹해졌음을 고백해야겠다.

"여러분, 저 여기서 커밍아웃할게요. 이혼했고, 양육권 소송 중이고, 감방 다녀왔어요. 제가 운동권 출신이거든요. 그래서 평생 주홍글자를 달고 살았어요. 이혼녀에 전과자라는. 그런데 전남편이 감방 동기라니 좀 웃기죠?"

강사의 커밍아웃은 그 뒤로 사 분간 더 이어졌다. 주머니 속의 송곳은 여기에도 있었다.

세상에 태어나 절대 해서는 안 될 일 세 가지가 소송과 이혼과 감방 가는 일이라고 한다. 일제강점기에 독립운동으로 오 개월간 감방 생활을 했던 나혜석은 이혼 후 최린을 상대로 소송을 했으니 세상이 하지 말라는 세 가지를 전부 한 셈이었다. 그러니 세상이 하지 말라는 일을 골라가며 하는 인간들은 평생 '주홍글자'를 달고 살아갈 수밖에.

그럼 나는 이제 겨우 주홍글자를 한 개 단 건가? 소송작가라는 낙인 말이다. 이 낙인을 달고 헤스터 프린처럼 살아갈지, 나혜석처럼 살아갈지, 나해수처럼 살지는 순전히 나에게 달렸다.

강사님, 당신은 세상이 하지 말라는 일 세 가지를 다 해냈군요! 진정한 청개구리로서 존경합니다.

나오면서 강사에게 악수를 청했다. 내가 청한 악수의 의미를 안다는 듯 강사가 씨익 웃으며 내 손을 잡았다. 나는 오래도록 그 손을 놓지 않았다.

나와 도서관 3

~~~~~~~~~

여름부터 진행해왔던 실험의 결과를 두 눈으로 똑똑히 확인해야 하는 계절이 돌아왔다. 즉 겨울이 돌아온 것이다. 그동안 이 사실을 알면서도 외면해왔다. 일부러 그랬던 건 아니다. 굳이 사람 탓을 하고 싶지는 않지만 주인님이 찬밥을 안 갖다 준 탓이다. 사물 탓도 하고 싶지 않지만 냉동 옥수수 탓이다. 깁스 탓이다.

깁스를 푼 첫날, 나는 평소처럼 제일 일찍 도서관에 도착해서 서가 알바생을 기다렸다. 기다리지 않아도 서가 알바생은 제시간에 나타났다. 그런데 이게 어찌 된 일이지? 아무리 귀를 쫑긋 세워도 서가 알바생이 슬리퍼를 찍찍 끄는 소리는 들리지 않았다. 마치 그동안 내 실험실습생이었단 걸 알고 있기라도 하다는 듯 알바생은 무음으로 도서관을 요리조리 잘도 돌아다니며 서가를 정리했다. 이럴 수가!

나는 내 고정관념을 타파하고 인간에 대한 불신, 그러니까 인간은 변하지 않는다는 믿음을 끝내버린 알바생에게 박수라도 짝짝 쳐주고 싶었지만 도서관이라 그럴 수가 없었다. 이제 나는 '인간은 변한다'는 새로운 주제를 가지고 시나리오 한 편을 써야 한다. 진정 내가 바라왔던 바다. 뿌듯함이 밀려오면서 동시에 벌써부터 손가락이 근질거리기 시작했다. 그렇다. 인간은 변한다. 계절에 따라 변하고 스스로도 변한다. 의욕에 넘친 나머지 나는 이 논리를 사물에 적용시켜보기로 했다. 즉 도서관에 대입해보기로.

도서관은,

우선 소리함이 생겼고 계간지《A》가 비치되어 있었다. 지난여름 도서관에서 했던 설문조사에 응했는데, 계간지《A》를 비치해달라는 나의 요구가 드디어 실현된 것이다. 그러므로 사물도 변한다. 도서관이 변한 것이다.

게다가 도서관은 여름에는 보이지 않던 뉴페이스 할아버지들의 출현을 알렸다. 이제 도서관은 지혜의 도서관이 되어가고 있었다. 노인 한 사람의 지혜는 도서관 하나와 맞먹는다는 속담을 굳이 들먹이자면 말이다. 덧붙여 도서관에서 고명철 선생님께 책 반납을 재촉하던 사서의 우렁찬 목소리는 더 이상 들려오지 않았다. 아무렴, 지금쯤은 반납했겠지. 스페인도 다녀왔을지 몰라.

순간

이게 웬걸?

화장실에 다녀오면서 확인한 데스크의 사서는 지난여름의 그 사서가 아니었다. 사서는 변한 게 아니었다. 다른 사서로 바뀐 거였다. 나는 불안한 심정으로 서가 알바생을 확인했다. 제발 바뀐 게 아니라 변한 것이기를.

다행히 서가 알바생은 바뀌지 않았다. 그런데 자세히 보니 서가 알바생이 신은 슬리퍼가 바뀌어 있었다. 운동화를 신고 있었다. 아하, 그래서 슬리퍼 끄는 소리가 들리지 않은 거였구나. 여름은 더웠으니까 슬리퍼가 필요했던 거고, 이제 겨울이 왔으므로 발 시린 슬리퍼 따위는 벗어던지고 운동화를 신은 거였다.

이 말은 여름에는 다시 슬리퍼를 신을 거란 뜻이고, 그러면 다시 슬리퍼를 찍찍 끄는 소리를 내며 서가에 책을 꽂을 것이란 뜻이다. 다시 말해 인간은 바뀔 수는 있어도 변하지는 않는다는 뜻. 실험은 실패로 돌아갔다. 인간은 '아직' 변하지 않았다.

뉴페이스 할아버지들로 북새통을 이룬 도서관은 온종일 신문 넘기는 소리로 부스럭거렸다. 겨울이라 사방에서 들려온 "에헴" 하는 기침 소리도 이어졌음을 추가한다.

오스테오글로숨

⁣ꞁ

　반지남이 쓰러졌다. 반지남은 나 대신 두 달간 계단 청소를 하기로 주인님과 임시직 계약을 맺은 터였다. 그런데 계단이 너무 지저분해서 잔소리하려고 주인님이 찾아갔더니 반지남이 반지하방 입구에 고꾸라져 있었단다. 주인님은 반지남을 발견했을 때 쥐 죽은 듯 누워 있어서 죽은 줄 알았다고 했다. 그런데 영양실조였다고.

　무한리필 삼겹살 네 판도 거뜬히 소화할 수 있는 하마 같은 덩치가 영양실조로 현관 입구에 고꾸라져 있는 모습을 상상하자 나는 웃음이 나왔다. 사색이 된 주인님의 얼굴을 바라보면서도 말이다.

　다들 옥탑방 깁스녀에 신경 쓰느라 반지하에는 내려가볼 겨를이 없었나 보다. 나는 주인님에게 이거야말로 명백한 성차별 아니냐고 성토하면서 앞으로 남는 밥은 들고 올라오지 말고 아래로 내려가라고 분명하게 의사를 밝혔다.

반지남은 주인님이 모는 차를 타고 병원에 가서 네 시간 동안이나 링거를 맞았다. 그래서 그간 계단 청소로 번 돈을 링거 맞는 데 다 날려야 했다. 주인님의 차를 타고 돌아오는 길에 주인님으로부터 들은 신세타령은 반지남에게 링거를 맞고 누워 있던 네 시간보다 길게 느껴졌다고.

주인님은 최근 들어 팔자에 없는 운전기사 노릇만 하고 있으니 앞으로는 반지하와 옥탑방에 세놓는 걸 고민해봐야겠다고 했는데 반지남은 아예 이참에 나가기로 했다. 그동안 이름대로 살 운명인가 보다 해서 반지하에서 웅크리고 살았는데 이제 운명을 거부하고 옥탑으로 올라가겠다는 것. 이 건물 옥탑방으로 이사 오는 게 지름길이라 좋긴 한데 지금 살고 있는 세입자에게, 즉 나에게 당장 나가달라는 건 주인님에게도 없는 권리라 그냥 옆 건물 옥탑방으로 이사 가기로 했다고. 그래서 앞으로 우리는 각자 사는 건물 옥상에서 서로 마주 보며 인사할 수 있는 사이가 됐다.

여기는 관제탑, 아니 옥탑방 옥상이다. 반지남에게 "우리 언제 삼겹살 구워 먹어요" 했던 약속을 이제야 지키게 되었다. 이사 간다는 말을 듣고서야 말이다.

한겨울 옥상에서 추위에 달달 떨어가며 삼겹살을 굽고

있었다. 불판 위에서 삼겹살이 익어갔다. 링거를 맞고 회복된 반지남에게 마지막으로 뭐가 제일 먹고 싶으냐고 물어보았더니 돌아온 대답은 삼겹살.

"간신히 회복되자마자 먹고 싶다는 게 고작 삼겹살이야? 삼계탕도 아니고."

"같은 삼씨 맞잖아요."

반지남이 피식 웃었다. 나도 피식.

"삼식이 같아."

하기야 휴가 나온 군인이 가장 먹고 싶다는 게 스테이크가 아니라 떡볶이라 해도 할 말은 없지.

"근데 춥지 않아?"

반지남이 고개를 끄덕였다.

"가을이라면 더 좋았겠지만 지금도 좋아요. 초대해줘서 고마워요."

"가을은 짧았잖아. 특히, 파주는. 내가 좋아하면 빨리 가버리더라. 사람도 계절도."

"에이, 누나 날 좋아했구나? 내가 너무 빨리 이사 가서 서운해요?"

"어이, 내 앞에서 에이 하지 말아줄래?"

"욕해서 미안해요."

나 혼자 빙그레 웃었다.

"그런 뜻은 아니고."

건물 식구들은 내가 옥상에서 삼겹살을 굽고 있는 걸 알면서도, 심지어 초대까지 했는데도 아무도 올라오지 않았다. 똑똑하고 영악한 줄만 알았던 석이는 인내심도 많았다. 고기라면 라면 다음으로 좋아해서 자다가도 벌떡 일어나 먹는다는 녀석이 말이다. 아니, 반지남이랑 삼겹살 키스라도 하란 거야, 뭐야.

지금이라도 사실대로 말해줄까 보다. 우리는 키스한 듯 키스 안 한 듯 키스한 사이면서 사귀지는 않는 사이라고.

물먹는하마를 사랑했던 하마는 쏜살같이 반지하 화장실로 달려가 물을 빼고 오겠다고 했다. 처음 이사 왔을 때 서로의 방에는 초대하지 않기로 했던 약속을 끝까지 지키겠다는 것이다. 화장실을 가려면 옥탑방에 들어가야 하는데 그럼 약속을 깨는 일이 되지 않겠는가.

반지남의 사정이 딱해 보여서 나는 선뜻 옥탑방 문을 열어주겠다고 했다. 에이, 이사 가는 마당인데 뭐 어때, 하면서.

반지남은 지금까지 굳게 지켜온 약속을 마지막에 깰 수는 없다며, 즉 공들인 탑을 이 한 번에 무너뜨릴 수는 없다며 고개를 젓곤 기어이 반지하까지 다녀왔다.

우리의 화제는 다시금 자연스레 반지하와 옥탑방으로 넘어갔다. 반지남이 말하기를 식당에는 2인분 같은 1인분이 없고 다가구주택엔 일 층 같은 반지하는 없다고 했다. 1인분은 어디까지나 1인분이고 반지하는 반지하일 뿐이라고. 그래서 옥탑방으로 이사 가는 거라고 했다. 그러니 옥탑방 선배로서 조언 바란다고. 나야말로 옥탑방에서 여름을 나고 겨울의 중턱에 와 있으니 이제 새내기는 졸업한 건가?

나는 옥탑방에 대해 미리 알아서 좋을 것도 없으니 그냥 몸으로 부딪치라고 했다. 문제가 생기면 그때그때 풀어나가는 것도 나쁘지는 않다고. 다만, 여름은 생각보다 훨씬 더우니까 옥탑방에 에어컨 배관 공사가 되어 있는지 꼭 확인해보라고 했다.

"누나, 내 꿈이 뭐였는지 알아요?"

"몰라. 난 내 꿈만 꾸거든. 네 꿈이 뭔데?"

"자동차 영업사원이요."

"정말? 의외다."

"끝까지 들어봐요. 우선 영업왕이 돼서 배기가스 사천 시시(cc) 하는 최신형 람보르기니를 보너스로 타고 라스베이거스로 가는 거예요."

"왜? 코가 비뚤어지도록 술 먹다 죽고 싶니? 그게 꿈이야?"

궁금해 죽겠다는 표정으로 촐싹대는 나를 자제시키면서 반지남이 꿈 이야기를 이어갔다.

"에이 미안, 아니 앗 미안, 끝까지 들어보라니까. 라스베이거스에서 만난 금발미녀를 람보르기니 옆 좌석에 태우고 캘리포니아로 가는 거예요. 거기서 초원을 달리는 게 꿈이에요."

"그게 끝이야?"

"네. 이게 끝이에요."

"왜 꼭 라스베이거스를 들러야 돼? 곧장 캘리포니아로 가면 되지."

"라스베이거스엔 금발미녀가 많을 거 같아서요. 〈라스베이거스를 떠나며〉에 나오는 세라처럼."

"의외다. 근데 왜 하필 금발미녀야? 흑발마녀는 어때? 물망에 올린 적 없어?"

"내 외모가 남들에 비해 좀 떨어지잖아요. 여기선 아무리 노력해도 연애에 실패만 해요. 여자들이 다 날 싫어하더라고요."

외모가 좀 떨어진다고? 난 처음 듣는 소리인데.

"야, 완전 뜬구름 잡는 소리로 들려. 람보르기니에 금발미녀에 라스베이거스를 경유한 캘리포니아 초원까지 전부다!"

"그러니까 꿈이죠."

"근데 캘리포니아에 초원이 정말 있어?"

"나야 모르죠. 안 가봤으니까."

나는 반지남에게 공무원 시험 때려치우고 개그맨 시험이나 보는 건 어떠냐고 물으려다 집어치웠다. 다시 생각해보니 반지남의 꿈이 웃기기보다는 좀 슬픈 거 같아서.

"그러고 보니까 너 못생겼다. 진짜 하마 닮았어. 난 덩치만 하마만 한 줄 알았는데."

"그걸 이제 알았단 말이에요?"

"응. 내가 칠십 프로는 바닷물이거든."

"그게 무슨 뜻이에요?"

나는 대답 대신 빙그레 웃었다. 아무도 못생겼다고 생각 안 하는데 자기 혼자 못생겼다고 자학하면서 스스로에게 주홍글자를 달아버린 신개념 진상 인간이 여기 또 있었네. 하기야 애인이 시키면 양갯물도 따라 마시겠다는 인간인데.

반지남을 보며 중얼거렸다.

"오스테오글로숨."

"네?"

"따라해봐. 오스테오글로숨."

"그게 무슨 뜻인데요?"

"그냥 따라해보라고."

"오스테오글로숨. 무슨 신조어인가?"

나는 고개를 저었다.

"힘들 때마다 그냥 이 단어를 떠올려봐. 그리고 외치는 거야. 의미를 알려고 애쓰지 말고 그냥. 알았어?"

"알았어요. 오스테오글로숨."

밤하늘의 별들이 우리를 내려다보고 있었다. 반지남이 오스테오글로숨을 몇 번 중얼거리다 멋쩍은 듯 나를 향해 씨익 웃었다.

삶이 그런 것인지도 모른다. 의미를 모르더라도 살아가는 거. 변하지 못한 채로도 살아야 하는 거. 그럼에도 불구하고 묵묵히….

seawater70과 arowana84

한겨울에 보일러가 고장 났다. 보일러를 완전히 끄고 도서관에 다녀온 것이다. 점심때 집에 들르려 했는데 어쩌다 보니 도서관 문이 닫히는 시간까지 있다가 오게 됐다. 보일러는 집에 온 뒤로 몇 시간을 돌려도 따뜻해지지 않았다. 아예 작동을 멈추고는 움직이기를 거부했다.

나의 경쟁자는 오늘도 내 옆에서 열심히 마우스를 움직여가며 인터넷으로 주식을 했다. 그런데 오늘따라 신경이 안 쓰이길래 온종일 시나리오 작업을 한 것이다. 왜 조용하지? 왜! 화장실 갈 때마다 이런 생각을 하면서 말이다.

나는 나의 경쟁자가 화장실에 간 사이 몰래 마우스를 훔쳐봤다. 그것은 놀랍게도 무소음 마우스였다. 에이, 진작 좀 바꾸지 그랬어요. 그동안 날 너무 고생시켰잖아.

주인님에게 달려가 외출하고 돌아와보니 보일러가 고장 나 있다고 하니까 외출 기능으로 해놓고 나가지 않았냐고 물었다. 한겨울에는 외출 기능으로 해놓고 나가야 보일러가 은은하게 돌아간다면서. 나는 사색이 된 채 고개를 저었다. 그런 건 진작 말씀해주셨어야죠.

외출 시간을 계산해보니 무려 열 시간! 생각해보니 열 시간을 굶었다. 으악! 나, 열 시간 동안 컵라면은커녕 물 한 모금도 안 먹고 작업을 한 건가?

주인님이 보일러를 점검하려고 옥탑방에 들어왔다. 외간 남자인 에어컨 기사가 다녀간 뒤로 규칙이 무너지기 시작하더니 코흘리개가 수시로 들락거리고 이젠 파혼남까지(반지도 못 전한 비련의 파혼남이다)!

주인님은 보일러가 완전히 고장 났다는 최후통첩을 해왔다.

"그럼 고쳐야 하는 거 아니에요?"

"당연히 고쳐야지."

"고쳐주세요."

"내가 왜? 세입자 과실인데."

"세입자가 왜 고쳐요? 이사 갈 때 가져갈 것도 아닌데."

주인님은 해수 같은 표정으로 날 바라보았다. 이 말인즉슨 날 한심한 듯 노려보았다는 뜻이다.

"그럼 고치지 말든가!"

주인님은 더는 있기 싫다는 듯 옥탑방을 나갔다. 나는 옥탑방을 떠나가는 주인님을 애타게 불러댔다.

"어? 어딜 가요? 돌아와요! 돌아와!"

여름에는 에어컨 배관 공사도 안 해주고 겨울에는 보일러도 내 돈으로 고치라고? 앉은 자리에 풀도 안 날 주인놈아.

한겨울에 보일러가 망가진 옥탑방에서 아로와나와 하룻밤을 나는 것과 한여름에 에어컨 없는 옥탑방에서 아로와나와 하룻밤을 나는 것 중 어느 것이 더 힘들까?

질문할 시간에 보일러를 고치자. 그래서 보일러 기사를 불렀다. 퇴근시간이었지만 보일러 기사도 에어컨 기사처럼 기사도 정신을 발휘하여 와주었다. 그러나 보일러 기사가 내린 진단은 주인님보다 더 비관적이었다. 보일러 수리비가 아니라 보일러 교체비가 필요한 상황이란 걸 알게 해준 것이다. 십 년도 더 된 낡은 보일러였기 때문에 수리비가 교체비보다 더 든다는 게 보일러 기사의 설명이었다. 교체비가 얼마냐고 물을 수밖에 없었다. 보일러 기사는 팔십만 원을 불렀다. 팔만 원도 아니고 팔십만 원을.

낙심한 내 표정을 본 보일러 기사는 곧바로 위로의 말을 생각해냈다. 최신형이라 보일러를 켜면 금세 방 안이 따뜻해진다고. 방이 좁으니까 더 빨리 따뜻해질 거라고 했다. 그러나 그토록 따스한 위로도 내 마음을 움직이게 만들지는 못했다. 나는 고개를 젓고는 눈물을 머금고 보일러 기사를 돌려보냈다.

밤이 다가오고 있었다. 그 어느 때보다도 두려운 밤이. 보일러를 안 튼 겨울의 옥탑방은 바깥보다 추웠다. 차라리 옥상에 나가서 잘까? 정신 차려, 나해수. 그러다 얼어 죽으면 개죽음이야! 차라리 영화사 앞에 가서 순교를 해!

순간,

궁하면 통한다더니

언젠가 뉴스에서 봤던 장면이 떠올랐다. 그래, 생계형 텐트족이 되는 거야. 이걸로도 부족하면 생계형 침낭족이 되자. 텐트족과 침낭족은 평소 내 버킷리스트 중 하나였다. 결론은 내게 텐트와 침낭이 구비되어 있었다는 말이다. 당연히 손전등도 있었다.

나는 텐트를 꺼내 설치한 뒤 침낭에 들어갔다. 따뜻했다. 손전등만 켜면 완벽하겠네. 가만, 이 안에서 작업해도 되겠다. 나는 침낭을 빠져나와 밥상 겸용 앉은뱅이책상을 텐트 안으로 옮기고 노트북을 올려놓았다. 그럼 스탠드도 옮길까? 시력의 문제도 있어서 손전등 대신 스탠드를 가져와서 켰다.

잠시 후 공기가 탁해짐을 느꼈다. 아아, 첫날부터 너무 욕심 부리지 말자. 잠이나 자자. 10(열 시간)이라는 숫자가 오늘의 내 노력을 증명해주지 않았나. 나는 밥상 겸용 앉은뱅이책상과 노트북과 스탠드를 도로 내놓았다. 그리고 다시 침낭에 들어갔다.

이 방에는 어떤 젊음들이 다녀갔을까? 그들은 어떤 꿈을 꾸었을까? 손으로 허공을 휘휘 저었다. 나는 허공에 대고 악수를 청했다. 그들이 내뿜었던 외로움의 공기를 덩달아 들이마시며 잠이 들었다.

자면서 이를 갈고 이런 생각을 했다. 내 돈 들여 보일러를 고칠 수는 없다. 내 돈으로 보일러 고치기 싫어서라도 이사 가고 싶다. 아니, 이사 가고야 말 테다. 이사 가면서 주인놈에게 이 말을 해주고 싶어서라도.

다시 말씀드리지만 여기서 잘 살았단 말은 진짜 못하겠고, 열심히 살았단 말은 하고 싶네요. 여름에는 더위에 시달리고 겨울에는 추위에 떨어가며 아주 여얼~심히.

굶어 죽는 건 걱정돼도 얼어 죽는 건 괜찮나 보지? 매정한 주인놈 같으니.

날이 새자 감기에 된통 걸렸다는 걸 알게 됐다. 텐트와 침낭으로 무장했음에도 불구하고. 나는 침낭을 걷어차고 결연히 일어나 주인님에게 갔다. 보일러 교체비를 협상하러.
협상 테이블은 처음엔 4:6에서 출발했는데 그다음은 5:5, 6:4, 마지막엔 7:3까지 내려갔다. 내가 3, 주인님이 7이란 소리다. 이 대목을 주목해주길 바란다. 칠십 프로나 되는 seawater를 삼십 프로까지 줄여버린 나의 눈물겨운 노력을.
감기로 인해 발생한 병원비를 청구하진 못했다. 청구할 마음도 없었다.

그리고 그날 밤

현이에게서 메일이 왔다.

그전에

아로와나가 비실대기 시작했다.

아로와나는 냉동 돼지고기를 입에 한 번 삼켰다가 차갑다는 듯 도로 뱉었다. 그러고는 입맛을 잃은 듯 더 이상 먹지 않았다. 내 자식 같았으면 그냥 굶기고, 좁은 침대에서 재우고, 여름에 에어컨 없는 방에서 재우고, 겨울에 보일러가 고장 나도 내 돈 주고 고치기 아깝다고 안 고치고 달달 떨게 만들었을 텐데(이러니 나는 애를 낳으면 안 된다. 그냥 아래층 석이나 가끔 봐주는 걸로 만족해야 한다) 아로와나에게는 그럴 수가 없었다.

아로와나는 나의 아이는 아니었다. 현이가 내게 맡긴 자식이었다. 나는 돈도 못 받는 위탁 부모였다. 그렇다고 해서 남의 집 자식을 학대할 수는 없었다.

에이, 저년의 아로와나(맹세코 욕하려는 게 아니다. 암놈인지 수놈인지도 모르는데 어떻게 년이라고 욕을 할 수 있을까. 그냥 현이의 아로와나란 뜻이다). 왜 밥도 안 먹고 속을 썩여? 아플수록 잘 먹어서 빨리 회복할 생각은 안 하고. 단식투쟁을 하겠다는 거야, 뭐야.

비실대는 아로와나를 뒤로하고 현이가 보낸 메일을 읽었다.

안녕.
넌 지금 어디쯤에 가 있니? 내 말은 네 삶의 길 위에서 어디쯤에 있냐고.

나로 말하자면 여전히 알베르게에 머물고 있어. 물론 여름에 묵었던 곳은 아니야. 산티아고에서 이백 킬로미터 떨어진 곳이라고나 할까. 여름엔 육백 킬로미터나 떨어져 있었거든.

예정대로라면 크리스마스에는 산티아고에 있어야 하는데 못 갈 것 같아. 동상에 걸린 데다 피레네 산맥에서 폭설에 갇혀버렸어. 여름엔 발목 때문에, 겨울엔 동상 때문에 계획이 틀어지고, 난 스페인에 와서까지 왜 이 모양일까.

발을 질질 끌면서라도 가야 할까 봐. 아니면 목발을 짚어서라도 가볼까. 발목에 깁스를 하고도 산티아고까지 걷는 인간이 있는데 목발이라고 왜 안 되겠니.

내가 왜 이런 말을 하냐면, 크리스마스까지는 산티아고에 꼭 가야겠어서.

산티아고 순례길.

어쩌면 나는 순례보다 길이라는 말에 끌렸는지도 몰라. 길이 시작되고, 길이 끝나는가 했더니 다시 시작되고, 또 끝나는가 싶더니 끝없이 다시 펼쳐지고. 이 말이 꼭 산티아고 순례길에 적용되는 진리만은 아닌 것 같아.

p.s. 아로와나는 잘 있니?

　여기서 현이의 메일이 끝났다. 현이의 메일 아이디는 여전히 arowana84. 내 아이디는 seawater70이다. 누가 보면 70년생인 줄 알겠지만 그건 오해다. seawater70은 바닷물이 칠십 프로란 뜻이니까. 나는 누구처럼 뒤에 생년을 밝히는 그런 촌스러운 짓은 안 한다.

　그래, 그동안 많이 발전했네. 미투 얘기도, 소송 얘기도 여전히 없지만 산티아고 이야기도 해주고. 아로와나 안부도 묻고.

　나는 단문의 답 메일을 쓰기 시작했다.

　내가 도서관에서 길 위의 인문학을 들을 때, 넌 스페인에서 산티아고로 가는 길을 걷고 있었구나.

마음에 안 들었다. 그래서 답 메일을 지웠다. 다시 썼다.

　난 지금 스페인 독감보다 더 심한 감기몸살에 걸렸어.

　스페인 독감은 들어봤어도 스페인 동상은 처음 들어보네.

여전히 마음에 안 들었다. 그래서 또 지웠다. 또다시 썼다.

너 냉동 옥수수에 발등 찍혀봤니? 아주 아파. 죽고 싶을 정도로. 그런데 그깟 발목 하나 삐었다고 여름에 산티아고 가는 걸 포기했어?

조금 마음에 들었지만, 또 지웠다.

그냥 여름에 갔으면 좋았잖아. 그럼 겨울에 동상은 안 걸렸을 텐데….

아로와나의 안부는 끝내 전해주지 않았다. 아로와나도 나처럼 몸살을 앓는 중이라서. 현이가 날 원망할까 봐.

그리고 현이에게서 다시 메일이 왔다. 이번엔 장문이었다.

안녕.

알베르게에서 한국인을 만났어.

영상원에서 연극을 전공하는 여학생인데 애인이 뮤지컬 배우라고 자랑하더라.

자기도 뮤지컬을 전공하고 싶었지만 음치라나. 그래서 나도 내 친구가 시나리오작가라고 자랑했지. 애인이 무슨 뮤지컬에 나왔냐고 물었더니, 글쎄 〈치마의 모험〉이라는 거야.

세상 참 좁지 않니?

오래전부터 네 소송에 대해서 알고 있었어. 네가 소송을
하다니 대단하다. 정말 대단해. 너랑 내가 나란히 《씨네
24》에 실리는 날이 오게 될 줄이야!

그런데 미투 피디와 소송작가라니.

사실 내게 고소를 만류한 건 A씨야. 곧 백이십 억짜리
상업영화 피디로 이름을 날릴 텐데 그전에 미투로 유명해
지고 싶으냐면서. 나중에 후회하지 말고 참으라는 거야.
G감독이 대신 영화는 잘 만들지 않느냐고.

그 얘기를 들을 때는 고개를 끄덕였는데 돌아서자마자
고개가 가로로 저어지지 뭐야.

그래서 피디도 관두고 스페인으로 날아온 뒤 《씨네24》
에 미투 제보를 했지.

이렇게라도 행동하지 않으면 나중에 더 후회할 거 같아서.

그래도 《씨네24》에 기사가 났으니 계란으로 바위 치기
는 한 건가?

문제의 그날, G감독은 내 차에 올라탔어. 나랑 긴밀히

회의할 게 있다면서.

그날 감독이 나더러 뭐랬는지 알아? 얼마나 많은 여자들이 지금 내가 앉은 이 자리에 앉고 싶어 하는 줄 아느냐고. 그래서 이렇게 대답했지. 여기는 원래 제 자리인데요. 감독님이 제 자리에 올라타신 거예요. 거기는 내 차 안이었으니까 말이야.

그때 구겨진 감독의 표정을 너도 봤어야 했는데. 마치 쿠킹포일 접시를 와락, 하고 구겼을 때의 표정과 똑같았다니까.

이 일로 인해 인생에 있어 좋은 경험 한 거라고 누가 날 위로한다면 기꺼이 사양할래.

경험만큼 좋은 스승은 없다고? 웃기지 말라 그러고 싶지만 적어도 G감독을 통해 영화판에는 자기 인격과 상관없는 작품을 찍어대는 인간이 있다는 어마어마한 진리를 가르쳐준 점에 대해선 고맙게 생각하고 있어.

만일 다음 생에 다시 태어나게 돼서 이런 일이 또 벌어진다면, 절대로 미투는 안 할 거야. 그때는 가지 않은 길을 택할 거야. 프루스트 팬이라서 그런 건 아니고, 이미 걸어본 길을 뭣하러 또 걷겠니. 새로운 길을 가야지.

만일에 다음 생에 다시 태어나 이런 일이 또 벌어졌는

데, 이생에서 미투한 걸 까먹고 또 한다면, 그때는 지금보다 더 열심히 이 길을 걸을 거야. 그리고 다음 생에도 여자로 태어날 거야.

참! 바위에 계란 얼룩은 확실히 묻혔어. 촬영감독이 G감독의 영화는 못 찍겠다며 촬영팀들을 우르르 데리고 나가버렸거든. 이건 기쁜 소식.

그리고 슬픈 소식은 네 시나리오를 A씨가 검토하지 못하게 됐다는 거야. 왜냐하면 내가 그를 총으로 쐈거든. 그로부터 자유로워지려면 총을 쏠 수밖에 없었어.

벌써 눈치챘니? 이 말이 〈나는 앤디 워홀을 쏘았다〉란 영화에 나오는 대사란 걸.

그와 절교를 한 건 미투를 만류했기 때문만은 아니야. 네 시나리오를 읽기도 전에 거부감을 보여서 그랬어. 너도 알다시피 A씨는 그간 충무로에 여주가 원 톱인 영화도 위험한데, 사극영화는 더 위험하다고 헛소리를 해왔잖아?

탈고되면 꼭 보여준다고 약속해줄래? 제일 먼저 나한테.

p.s. 아로와나는 잘 있는 거야?

나는 비로소 현이가 내게 장문의 메일을 보낸 가장 큰 목적이 아로와나의 안부를 묻는 것임을 깨달았다.

현이야, 네가 A씨를 쏘았구나. 리노에서 한 남자를 쏘았다는 어떤 사나이처럼, 단지 그가 총에 맞아 죽는 걸 보기 위해서 그랬던 게 아니었어.

넌 목숨을 걸고 A씨를 쏘았는데, 난 그때 목숨 걸고 소송을 했던 걸까. 나는 지금 목숨을 내놓고 시나리오를 쓰고 있는 걸까.

To : arowana84

나혜석이 최린을 상대로 '정조유린위자료청구소송'을 낸 건 이겨야겠다는 생각보다는 그를 혼내주기 위해서였어. 최린과의 연애로 나혜석은 모든 걸 잃었지만 최린은 오히려 출세가도를 달렸거든. 이 소송으로 인해 나혜석은 식민지 조선 사회로부터 완전히 매장당했고.

너의 미투—우리의 미투라고 바꿔 말할게—는 나혜석의 소송사건과 분명 닮은 구석이 있다고 생각해. 오해는 말길. 내 말은 그녀가 먼저 이 길을 내고 걸어갔다는 뜻이야.

팔십여 년 전에 이미 이런 사건이 있었다는 게 놀랍지 않니? 그렇기 때문에 지금 이 사건은 조선시대와는 분명히 다른 대접을 받아야 할 거야. 반드시 그래야만 하고.

이 사건으로 인해 네가—그러니까 우리가—그 시대의 그녀처럼 사회의 냉대와 비난을 받고 고립되는 또 다른 피해가 생긴다면 지금이 조선시대와 다를 게 뭐가 있겠니?

From : seawater70

(써놓고 부치지 않은 메일.)

나는 《씨네24》에 실린 현이의 미투 제보, 즉 프로듀서 A양의 후속기사에 대해 이미 알고 있었다. 현이는 실명으로 미투를 한 게 아니었기 때문에 《씨네24》에서 G감독에게 사실 확인을 하고 기사화하는 걸로 이 사건은 마무리되었다. 그러나 그리 넓지 않은 영화판에서 프로듀서 A양이 현이라는 사실을 모르기란 어려운 일이었다.

G감독은 경찰에 자진 출석해서 조사를 받았고 영화사 대표 A씨는 참고인 조사를 받았다. 당연히 A씨는 현이보다 G감독에게 더 유리한 진술을 했을 것이다. 피디는 갈아치워도 되지만(무명이라), 감독은 그럴 수가 없었을 테니까(유명해서).

A씨의 노력(?) 덕분에 투자사가 이 영화의 투자에서 발을 빼는 일은 일어나지 않았고, 촬영감독이 교체된 뒤 지난달

크랭크업했다. 이 내용은 다른 영화 사이트에 올라온 기사를 통해 알게 된 것이었다. 《씨네24》는 현이의 미투 이후 G 감독의 영화에 대해 홍보하는 기사를 더 이상 싣지 않았다. 마찬가지로 나의 소송 이후 뮤지컬 〈치마의 모험〉을 홍보해주는 기사도 더 이상 내보내지 않았다.

이튿날, 현이가 다시 메일을 보내왔다.

안녕.

내 메일에 답장이 없는 거 이해해. 너도 많이 서운했을 거야. 한동안 연락도 안 하다가 갑자기 아로와나를 맡기고 스페인으로 떠나와버려서.

사실 그 사건 때문에 이곳에 온 건 아니야.

스페인에 오기 직전, 날 키워준 고모가 돌아가셨거든. 고모와의 이별을 어떻게 감당해야 할지 모르겠더라.

고모부가 갑자기 돌아가신 뒤로 고모가 키우기 시작했던 아로와나야. 고모부가 하나뿐인 친구에게 사기를 당하셨거든. 그 충격 때문에 심장마비로 돌아가셨어.

고모는 원망할 대상이 필요했대. 그래서 아로와나를 택한 거야. 네 눈에도 아로와나가 좀 심술 맞아 보이지 않던? 그런데 시간이 갈수록 아로와나에게 정성을 들이더

라. 미워하다 정들었다고 해야 할까. 아무튼 아로와나를 대하는 고모의 모습이, 내 눈엔 그렇게 비쳐졌어. 그러다 고모에게는 아로와나가 점점 생에 하나밖에 없는 의미가 되어버렸어.

먹이를 던져주면 잽싸게 먹고 나서 시침을 뚝 떼고는 수족관 안을 유유히 헤엄치는 모습이 그렇게 귀여울 수가 없다나. 나는 그런 고모를 이해할 수 있을 거 같았어.

하지만 고모에게 그렇게 소중했던 아로와나를 난 잘 돌볼 자신이 없었어. 그래서 네게 맡긴 거야. 너라면 잘해낼 수 있을 거 같았거든.

p.s. 그래서 아로와나는 잘 있는 거야?

나는 작가이긴 해도 때로는 글보다 말을 더 선호한다. 글은 함부로 쓸 수도 없고 다듬을 때도 시간이 많이 걸리는 반면, 말은 그냥 편하게 내뱉을 수 있기 때문이다. 그러니 너무도 급한 상황일 때는 글이 말보다 훨씬 불리하다. 즉 말할 시간에 글 다듬다가 시간이 다 날아가버린다.

지금이 새벽 세 시 사 분이니까, 스페인은 시차가… 뭘 계산을 해. 인터넷에 다 나와 있는데. 스페인은 저녁 여덟 시사 분이었다. 이 시간이면 전화 받을 수 있겠네. 알베르게 인지 뭔지에 머물고 있다면.

그런데 난 뭐 열대어 전문가인 줄 알아? 난 해수라고, 씨 워러! 바닷물이 칠십 프로나 된다고!

나는 메일 대신 현이에게 페이스톡으로 전화를 했다. 그 만큼 급했으니까. 받아라. 와이파이가 되는 곳이면 당장 전 화를 받을 것이다. 현이는… 전화를 받지 않았다. 그런데 전화를 끊자마자 현이에게서 전화가 왔다. 이쯤 되면 텔레 파시라고 해도 되겠다. 나는 현이와 화상 통화를 했다. 그 러니까 현이와 나와 아로와나와 말이다.

최신형으로 보일러를 교체한 뒤 한겨울에도 옥탑방에서 따뜻하게 지내고 있는 아로와나는 엊그제서야 겨우 회복 되었다. 그리고 맹렬한 식욕을 보이며 오늘도 냉동 돼지고 기를 세 차례나 먹었다. 배설물을 치우느라 애를 먹었지만 잘 먹고 잘 싸야 건강하게 자라지!

나는 스마트폰으로 현이에게 아로와나를 보여주었다.

"네가 그렇게도 애타게 그리워하던 아로와나다. 실컷 감 상해라."

"꺅! 그렇게 많이 컸어?"

현이가 비명을 지르며 좋아했다. 그리고 곧바로 잔소리.

"근데 수족관이 너무 좁지 않니? 덩치는 저렇게 컸는데."

"하나 사주고 그런 소리를 해. 수족관이 얼마나 비싼데."

"개털은 여전하네. 그동안 돈 안 벌고 뭐 했냐?"

"몰라서 묻니? 돈 안 되는 시나리오 썼잖아."

나는 현이가 보는 앞에서 아로와나에게 냉동 돼지고기를 던져주었다. 현이는 한동안 그 모습을 물끄러미 지켜봤다. 그리고 또 잔소리.

"그동안 너무 마른 거 아니야?"

"이래서 남의 집 애는 잘 키워줘도 욕먹는다니까. 이렇게 잘 먹는데 어디가 말랐니?"

"아로와나 말고 너."

"…."

"…."

뜬금없이, 현이에게 물었다.

"왜 그랬어?"

"뭘?"

"고모님 돌아가신 거 왜 나한테 말 안 했냐고."

"넌 한 번도 고모 만난 적 없잖아. 모르는 사람을 애도하는 건 쉽지 않아. 쉽지 않다고. 난 너한테 그런 부탁을 하기가 싫었어. 만일 진심이 아니라면 상처받을 거 같았거든."

"…."

그래. 모르는 사람을 애도하기란 쉽지 않다. 길 위에서 쓰러진 나혜석이 용산시립자제원으로 실려 갔을 때, 그녀의 죽음 위로 흰 천이 덮였다. 최소한의 애도마저 생략된 무성의한 손길이었다. 그날 처음 만난 사람의 죽음을 애도하기란 쉽지 않은 일이었다. 그녀가 나혜석이란 사실을 아무도 몰랐기 때문이다.

하지만 현이의 고모는 내게 모르는 사람이 아니었다. 내가 현이를 아는 한. 현이가 하나밖에 없는 내 친구인 한.

현이에게 따지듯 물었다.

"왜 그랬어?"

"또 뭘?"

"왜 나한테 말도 안 하고 스페인에 갔냐고."

"그 일 있고 나서 영화판 인간들은 아무도 만나기 싫었어. 절이 싫으면 중이 떠나야지. 안 그래?"

"절이 싫으면 절을 뜯어고쳐서라도 살아야지. 그래야 〈건축의 윤리〉 피디지. 안 그래?"

"호호호, 말 된다."

오랜만에 현이의 웃음소리를 들었다. 좀 낫네. 코 골고 이빨 가는 소리보다는. 근데 이게 어디서 날더러 영화판 인간이래.

"아로와나는 암놈이니? 수놈이니?"

"아로와나는 암수 구별을 안 해."

"진작 좀 가르쳐주지. 그동안 궁금해서 죽는 줄 알았네."

"해수야,"

"응?"

"마냐나 세라 오트로 디아."

"뭔 소리야?"

"내일은 내일의 태양이 뜬다. 스페인어야. 너한테 이 말을 꼭 해주고 싶었어. 나 여기서 날마다 해 뜨는 걸 봤거든. 볼 때마다 새롭더라."

"…."

"한국은 지금 새벽이지? 너 또 밤 새우는구나. 이러다 해 뜨겠다. 빨리 자."

통화 말미에 전화기 너머로 누군가 "언니, 뭐 해요, 밥 다 식는데 빨리 안 먹고!" 하며 시끄럽게 부르는 소리가 들렸다. 스페인어가 아니라 한국어였으니 한국인일 터였다. 〈치마의 모험〉 뮤지컬 배우가 애인이라는 영상원 학생 아냐? 애써 잊고 있었는데 스페인에서까지 상처를 헤집는구나. 하여간 일생에 도움이 안 돼요. 영화판에 하나밖에 없는 피디란 친구 년이. 아니, 현이가.

　다음 날, 도서관 가는 길에 핸드폰이 울렸다. 발신자를 확인하니 현이였다. 어제 통화했는데 무슨 일이지? 급한 일이 생긴 건가? 아니면 사고? 조마조마한 심정으로 전화를 받았다.

　전화기 너머로 현이의 목소리가 다급하게 들려왔다.

　"해수야!"

　"왜, 무슨 일 있어?"

　"나 어제 너랑 통화하자마자 비행기 표 끊었어."

　"어디 가?"

　"응. 마음이 변했거든. 크리스마스에는 산티아고에 없을 거야."

　현이의 말은 내 귀에 크리스마스에는 산티아고에 있을 거야, 로 들렸다. 그래서 현이가 동상에 걸린 탓에 비행기로 산티아고에 가겠다는 뜻으로 이해했다. 그래야 크리스마스에는 도착할 수 있을 거라고.

　현이가 덧붙였다.

　"크리스마스에는 한국에서 너랑 실컷 놀려고."

　"뭐? 한국에 온다고?"

"고모가 살아 계셨다면 분명 군소리 없이 교회에 따라갔 겠지만 지금은 상황이 달라졌잖아? 나머지 코스는 다음에 너랑 같이 와서 마저 걸을래. 너, 숙제 생겨서 좋겠다?"

아아, 이제는 한 글자씩 틀리게 읽는 것도 모자라서 한 글 자씩 틀리게 들리는구나. 시력의 문제가 청력의 문제로 바 뀐 건가? 아니, 이쯤 되면 성격 문제다.

"오늘 밤 아홉 시 비행기로 바르셀로나 공항에서 출발할 거야. 공항으로 마중 나와."

바, 바르셀로나 공항으로?

"확실하게 말해두지 않으면 넌 바르셀로나 공항으로 나 오겠지? 개털 주제에 부랴부랴 비행기 표 끊는다고 난리 부리면서 말이야. 멍청아, 내일 오후 네 시까지 인천공항으 로 나와. 새벽이 아니고 오후야. 오후 네 시. 거기서부턴 부 축해줘야 한다? 그리고 나, 너희 집에서 재워줘야 해."

"옥탑방도… 괜찮아?"

"괜찮지, 그럼. 고시원에서 많이 발전했네."

전화를 끊기 직전 현이가 물었다.

"우리 처음에 갔던 티 카페, 아직도 아로마 향초 있으려 나?"

왜? 예전에 죄 없는 아로마 향초에게 화냈던 거 사과하려고? 그나저나 코 고는 소리랑 이빨 가는 소리 또 듣겠구나.

마냐나 세라 오트로 디아. 내일은 새로운 날이 되겠네.

나와 A

....

이것은 나와 아로와나 이야기다. 아로와나의 약자는 A다. 그러므로 나와 A에 관한 이야기다.

A가 Adultery, Able, ADHD, AI, AIDS, Andy Warhol, America, Angel, Apology, Apple, Aroma, arowana84, Art, Atopy, 카페A, A도서관, 프로듀서A양을 뜻하는 거냐고 묻는다면, A는 아로와나라고 서두에서 분명히 밝혔을 텐데?

나와 아로와나는 옥탑방에서 무사히 겨울을 났다. 그리고 그 무더웠던 여름도. 중간에 같이 비실거리긴 했어도 지금은 둘 다 아주 건강하다.

그동안 내가 아로와나를 잘 돌봐줘서 그런 거라 생각한다면 오산이다. 아로와나 스스로 회복한 거니까. 아이들의 속성이란 게 원래 그렇다. 부모가 돌봐주지 않아도 스스로 잘 커나간다. 중간에 아팠다가도 금세 회복하고 일어나 꿋꿋하게 제 길을 걸어가는 것이다. 얼마 전 혼자서 한글을 뗀 석이도 부쩍 컸다. 이제는 동화책도 혼자서 더듬더듬 읽는다. 나도 스스로 컸다고 하면 아버지가 화낼까?

오랜만에 아버지에게 전화를 했다. 아버지의 관심은 옥수수에서 가지로 옮겨가 있었다. 즉 옥수수 농사를 그만두고 가지 농사를 시작한 것이다. 아버지는 예의 그 한결같은 시무룩한 목소리로 말했다.

"한철 바짝 집중하믄 옥수수보다 벌이가 더 쏠쏠하드라."

아버지도 참, 가지가지 한다. 아니, 가지 농사 한다. 이제 냉장고의 냉동실이 냉동 가지로 차버리는 날도 머지않았다고 생각하면서 아버지에게 존경을 보냈다. 그런데 냉동 가지에 발등을 찍히면 냉동 옥수수만큼 아플까? 냉동 옥수수보다는 덜 아플까?

영화 〈비기너스〉에서는 이완 맥그리거의 아버지가 사십오 년간의 결혼생활을 끝내고 종양으로 시한부 인생을 선고받는다. 일흔다섯의 아버지는 사랑하는 남자가 생겨 커밍아웃을 한다. 애인이 한참 연하라서 "아버님, 도둑놈 심보세요!"라고 놀려주고 싶지만 아버지가 연하의 애인에게 썼던 편지의 한 대목에서 나는 눈물을 펑펑 쏟고 말았다.

"당신이 일흔다섯 살의 늙은 남자라도 괜찮다면 한번 해

봅시다. 어떻게 될지."

일흔다섯 살에 커밍아웃해서 애인에게 구애하는 말기 암 환자라니!

이완 맥그리거의 아버지도 존경스러운 비기너스지만, 팔순이 넘은 나이에도 새로운 가지 농사에 도전하는 나의 아버지 역시 진정한 비기너스가 아닐까.

주인님은 오늘도 뜨개방 여인 D를 찾으러 나갔다. 아직은 성과가 없다는 차원에서 불쌍한 비기너스라 해야겠지만 포기하지는 말라고 위로해주고 싶다.

나는 주인님의 카페에서 아르바이트를 시작했다. '인간은 변하지 않는다'는 실험 결과를 뒤집기 위해 도서관에 다시 나갈 수도 있지만, 실험 장소를 카페로 옮겨보는 것도 나쁘지는 않을 것 같으니까. 이제부터는 나, 해수가 실험 대상이다.

카페 알바가 봉투 알바와 다른 점은 알바를 하면서 시나리오 작업이 가능하다는 것이다. 그렇다고 다른 데 가서 따라하지는 마시라. 주인님의 카페에서만 가능하니까.

나는 35 혹은 53이므로 인생이란 속도가 아니라 방향이란 것쯤은 알고 있다. 그래서 오늘도 나만의 태양을 향해 천천히 걷는다.

나혜석은 자신만의 '세 개의 태양'을 향해 걷다가 53세에 길 위에서 쓰러져 죽었다. 어쩌면 35세였는지도 모른다.

삶이란 실패를 쌓으면서 태양을 향해 걷는 것. 발목을 삐고 발등을 찍히고 동상에 걸리더라도 계속 걸어가는 것.
건다가 길 위에서 쓰러지더라도, 쓰러져 죽을지라도,
어제 실패했더라도, 오늘 실패하더라도,
내일은 내일의 태양이 뜰 테니까.

아로와나(arowana)

오스테오글로숨과의 열대어.
몸의 길이는 일 미터 정도이며 등 쪽이 곧고
아래턱 끝에 한 쌍의 턱수염이 있다.
아마존강에 한 종류, 나일강에 한 종류,
동남아시아에 두 종류가 분포한다.

출처 : 표준국어대사전

작가의 말

뜨거웠던 지난여름을 기억한다. 지난여름의 뜨거움을.

《나와 아로와나》는 지나간 여름들의 뜨거움에 다소 빚을 지고 있다.

그 열기를 함께했던 H도서관, 노동욱 교수님과 '길 위의 인문학' 동지들, 시나리오작가조합 동료들, 그리고 옥탑방에서 아로와나를 길렀던 애인(다행히 남편이 되었다)에게 감사한다.

선뜻 출간을 결정해준 폭스코너의 윤혜준 대표님과 구본근 편집장님께도 큰 감사를 드린다.

《나와 아로와나》는 소설가로 죽기를 각오하고 쓴 소설이다. 그런데 아직 살아 있다.

나머지 인생은 덤이므로

오늘도, 내일도 소설을 써야지.

2020년 여름 파주에서

박성경

나와 아로와나

1판 1쇄 2020년 8월 14일 | 1판 2쇄 발행 2021년 1월 8일

지은이 박성경
펴낸이 윤혜준 | 편집장 구본근 | 디자인 오필민디자인 | 마케팅 권태환

펴낸곳 도서출판 폭스코너 | 출판등록 제2015-000059호(2015년 3월 11일)
주소 서울시 마포구 월드컵북로 400 문화콘텐츠센터 5층 9호(우 03925)
전화 02-3291-3397 | 팩스 02-3291-3338 | 이메일 foxcorner15@naver.com
페이스북 www.facebook.com/foxcorner15
블로그 https://blog.naver.com/foxcorner15

종이 일문지엽(주) | 인쇄 수이북스 | 제본 국일문화사

ⓒ박성경, 2020

ISBN 979-11-87514-48-0 03810